さよなら、ながいくん。

東京日記6

川上弘美

絵　門馬則雄

平凡社

目次

絵　門馬則雄
装丁　祖父江慎＋根本匠（コズフィッシュ）

東京日記6　さよなら、ながいくん。

姉貴と兄貴。

二月某日　晴

選考委員をしているA賞の授賞式。

控え室で、修業時代についてのよもやまばなし。

T樹さんの話。

学生時代、同人誌に参加しようかと思い、例会に参加してみた。その時知りあった人のそのまた知りあいであるNさんと、個人的に小説の話をするようになった。ある時、ふだんは小説の話しかしなかったNさんが、突然真剣なおももちで、

「あの、あなたのおしっこを飲ませてくれませんか」

と言う。とんでもないと思い、以来Nさんとは会わなくなった。

「同人誌出身の小説家も多いけれど、そして、昔は同人誌が今よりもっとずっと重要な役割を果たしていたけれど、わたしはそういうわけで、以来同人誌とは縁がなくてね」

たいしたことじゃないんだけど、という、優雅な話しぶりで、T樹さんはしめくくった。

「あ、あの、もしかしてそのNさんって、『家畜人ヤプー』の作者の、あの?」

他の選考委員が、驚いて聞く。

「そうそう、そうだったっけね。ほんと、同人誌活動って、難しいと思うのよ」

T樹さんは、あいかわらず優雅にほほえんでいる。

いや、ポイントは、同人誌活動が難しいことではなくて、『家畜人ヤプー』の作者に飲尿させてほしいと乞われたことでしょうが、と、その場の全員が心の中でつっこんでいることなど、T樹さん、まったく気にかけていない様子。こりゃ一生かなわないわ、ついていきますぜ姉貴、と、心の中で決意。

引き続き、受賞者の二次会に行く。

小説家のK極さんがいる。

初対面である。トレードマークの黒革の手袋が、よく似合っていて格好いい。暗闇がたいそう魅力的な小説を書く作家なので、

「K極さんご自身の中にある闇って、どんな闇なんですか」

と、聞いてみる。

「いや、おれは、うすぐらいの。闇は、ないの」

との、きっぱりとしたお答えが。

こりゃまたかなわないわ、ついていきますぜ兄貴（年下だけど）、と、心の中で決意。

二月某日　曇

世にも頼りになる、心の姉貴と兄貴ができたことを祝して、庭に球根を植える。

ふつかよいで、ぼんやりと机のひきだしの整理をしていたら、出てきた球根である。

何が咲くかは、不明。でもきっと、姉貴と兄貴の力で、立派な植物が生え出ることだろう。

二月某日　晴

花粉症なので、外出する時にはマスクをしている。ミント入りの飴をなめる。なめはじめてすぐに、ミントをふくむ呼気がマスクの隙間からもれ出てくる。ものすごく、目にしみる。あわてて飴をはきだすも、ミントの呼気はなかなか薄まってくれず、たっぷり三分間はじたばたする。みなさん、マスクをしている時には、ミント入りの舐めものは、絶対に舐めないように。

二月某日　雨

この前植えた球根を、野良猫が掘り返している現場に遭遇。姉貴と兄貴、なぜ守ってくれないんですか……。

老獪。

三月某日　晴

散歩していたら、警官が二人、大きな網を持って立っている。

「どうしたんですか」

と、聞いてみる。

「いや、通報がありまして」

そう言いながら警官が指さした先の地面に、イグアナがいる。

こ、これは。

わたしの愛するアイドリング（本名「ゆき」）（『東京日記4　不良になりました。』参照）ではないか。しっぽに特徴的な傷があるので、すぐにわかった。

「通報って、どんな通報だったんですか」

「車に乗って走っていたら、道路のまんなかにイグアナがいた。端に寄せてやったけれど、ひかれてしまうとかわいそうなので、引き取って下さい。という通報です」

「引き取る、とは」

「ひとまずこの檻《おり》に捕獲して、署に持ち帰ります」

かたわらに駐めてあるパトカー後部座席には、なるほど小さな檻が。

喋っていると、初老の婦人がやってきて、すっとイグアナを抱き上げる。

「この子、うちのアパートの店子《たなこ》が飼ってるイグアナよ、きっと」

婦人は言う。

「いつもベランダでひなたぼっこさせてるのよね。こんなところまでお散歩ですか、あらあらかわいいこと」

婦人は頬をイグアナにすり寄せる。イグアナは、おとなしくされるがままになっている。わ、わたしも抱きたいです、と言いたいが、言い出せない。

店子の人と連絡がつかず、果たしてそのイグアナが本当に店子の人の飼っているイグアナかどうかの確認がとれなかったため、結局イグアナのアイドリング（本名「ゆき」）は、警察官によって捕獲され、いったん引き取られていった。

久方ぶりのアイドリングとの邂逅に、その夜は痛飲。飼い主は、今日のうちにアイドリングを引き取りに来てくれたろうか。一人さみしく檻の中で泣いているんじゃなかろうか。いや爬虫類は泣かないか。ならばかわりにわたしが泣いてやろうではないか。と、泣き上戸になりつつ、家人にいやがられつつ、遅くまで痛飲。

三月某日　曇

仕事がたまりにたまっていて、頭が混乱。

いくつかの仕事を並行してやっているせいか、どうやったらそれぞれが締め切りまでに仕上がるのかということが、まったくわからなくなっている。

しかたなく、紙にこれからの一ヶ月の日付とその日におこなうべき仕事を書きだして、計画表をつくる。

計画表をつくるのは、とても苦手。というか、つくったが最後、絶対に計画を守れなくなるというジンクスが、その昔の小学校の夏休みの計画表以来の長《なが》の連続的失敗の歴史によって、形成されてしまっているのである。
計画表を目の前の壁にはり、「今度こそ計画倒れになりませんように」と、心から神様に祈る。

三月某日　雨

計画表どおりに粛々と予定をこなす。

三月某日　晴

計画表どおりに粛々と予定をこなす。

三月某日　曇

計画表どおりに粛々と予定をこなす。

三月某日　晴

計画表どおりに

予定をこなし続け、今日ですべての仕事が終わるはずであるにもかかわらず、まだ三つも大きな締め切りが残っている。首をかしげながら計画表を眺めると、三日おきに「一日くらいはドラクエをしてもいい」だの「たまに終日さぼるのも大切」だの「そうじのため今日は仕事は無理」だのという、後から書き加えたらしき文字が。

いったい誰がこんなことを書き加えたのか!?

いや、それはわたしなんですが、でも今回に限っては、書き加えヴァージョンとはいえ計画表上の予定はすべてこなし、ジンクスが崩れ去ってくれたという結果に。老獪、とは、このようなことを言うのであろうか（違います）。

内省したんです。

四月某日　晴

対談の仕事で、都心に出る。

相手のI田さんから聞いた話。

小さいころから、視力がとてもよく、おそらく3・5ほどはあった。校庭の銀杏の木の幹にカンニングペーパーをはって、カンニングをしたこともある。でも、マサイ族などにはもっとずっと目のいい人もいるので、自分のはたいしたことはない。

とのこと。

たいしたことは、ないのか……。

四月某日　曇

いやいや、たいしたことがないはずはないと、朝、昨日のI田さんの言葉を思い返しながら、突然確信。昨夜は、「すごい!!!」と、大いに感心するべきだった。

このように、きちんとものごとを追求できず、相手の言うことを、それがたとえ謙遜であっても、あるいは反対に理不尽ないいがかりであっても、すぐに鵜呑みにして納得してしまう性質を、どうにかできないものかというのは、昔からの悩み。

反射神経がにぶいというか、事なかれ主義というか、考え不足というか。

仕事をしたり家事をしたりする合間にも、悩みつづける。

四月某日　晴

飲み会。

といっても、純粋な飲み会ではなく、いろいろな初対面の人たちと、顔あわせがわりの飲み会。

とても苦手な席。というのは、「よそさまの話を鵜呑みにしてうんうん頷いているだけ」という言動をおこなってしまう機会が、初対面の人たちとの席では、ことに多いからである。

そうならないよう、必死にその場で頭をくるくる回転させてみる。回転させてみたけれど、うんうん頷くことしかできず。

結論。生身の人間が喋る時の「勢い」のようなものは、とても強いので、その「勢い」に反するようなことを考えることは、わたしには不可能。だから、うんうん頷いているだけでいいのである。もし翌日以降、「あれは、ちがった！」と気がついたら、文書で反論すべし。でも、そんなことをする気力はないし、だいいちそんなことをしても怖がられるだけだから、やっぱりうんうん頷いていればいいのだ。

そう考えてゆくと、わたしの小説は、もしかして、これまでの人生でできなかった「文書で反論」の総代替物なのかもしれない……。

などということを、しみじみ考える春の暮なのでありました。

四月某日　晴

しばらくの間、内省的になっていたので、ぱあっと気持ちを変えるために、いちごを山のように買ってくる。

いちごとさくらんぼというのは、なぜこんなに人をしあわせにしてくれるのだろう。

朝にもいちご、昼にもいちご、夜にもいちごを食べ続けて、内省を払う。夜中、いちごくさいげっぷがたくさん出る。

やったー。

五月某日　晴

このごろどうも、テレビを見ながら、ぶつぶつ文句を言うようになっている。

たぶん、というか、ぜったいに、老化現象である。おまけに、

「この時代、そんな言葉づかいはしない」

というような文句がとても多い。やはり、どう考えても、老化現象である。

ちなみに、ぶつぶつ言うトップスリーは、以下のごとし。

第一位「子育て」という言葉を、戦後すぐくらいの時代の人間が使っている場合――「育児」あるいは「子供を育てる」など言ったはず

第二位「たちあげる」という言葉を、戦後すぐくらいの人間が使っている

場合――「たちあげる」は、最近十年か十五年くらいの言葉のはず
第三位「目線」という言葉を、戦後すぐくらいの人間が使っている場合――
「目線」も、この二十年くらいの言葉のはず

一緒にテレビを眺めていた家人に、

「まあ、気楽なドラマなんだから、どっちでもいいんじゃない？」

と、そのたびにたしなめられ、ほんとうに、どっちでもいいですね、とそのたびに反省。


でも、ただ一つ、どうしてもこれだけは文句を言うのをやめられないことがあって、それは、平安時代や戦国時代の武将の子供たちが、「やったー」と言うこと（昭和の子供がこの言葉を叫ぶ、くらいのことに関しては、我慢して何も言いませんから）。

「やったー」と、平清盛の子供時代を演じている子役が叫んだ時には、ほんと、こおりつきました。

五月某日　晴

昨日の続きで、老化現象について、いろいろ思いめぐらせる。

引越の多い人生なので、行きつけの医院がそのたびに替わる。

三十代のころは、引っ越した後も、以前に行っていた医院の名前とその時行っている医院の名前がすぐさま頭に浮かんだものだけれど、四十代後半くらいから、前の前に住んだ場所の医院の名前がぱっと浮かばなくなり、五十代になると、すぐ前の医院の名前もあやしくなっていった。

五十代半ばになると、反対にその時通っている医院の名前があやしくなって、一つ前の医院の名前ばかりが浮かぶようになり、このごろは、前の前くらいの医院の名前がいちばん浮かびやすくなった。

ところが、先週、突然五つ前の医院の名前と四つ前の医院の名前は思い出せるのに、三つ前、二つ前、すぐ前、そして今の医院の名前がまったく思い出せなくなっていることに気づく。

老化、というより、すでに「昔のことしか覚えていない」という領域に突入したのだろうか……。

五月某日　晴

ボケについての不安を払拭するため、同い年の友だちに電話をする。

さんざん互いに「ボケている最近の自分」の例をあげ、互いに内心で、

（大丈夫、これなら自分の方がまし）

と、安心しあう。

電話を切ってから、先月も同じ友だちと、同じ話をして、同じように互いに自分勝手に安心しあったことを思い出す。

それどころか、先々月も、その前の月も、たしか同じことを……。

もう何も考えないようにして、いそいで夕飯を食べ、いそいでふとんをかぶって寝る。

五月某日　晴

半月のあいだ、ずっと思い出せなかった力士の名前を、突然、庭の草むしりをしている時に思い出す。

明武《みょうぶ》谷《だに》。

細身ながら筋肉質で、彫りの深い顔もあいまって人気に。引退後はキリスト教系の宗教の信者となり、格闘技と聖書との齟齬《そご》に悩んで親方を廃業。現在は布教活動をおこなっている。

ということを、一瞬のうちに思い出して、ほっとする。

ただし、いったいなぜ明武谷のことを思い出そうとしていたかは、不明。

老化問題、いよいよ混迷を極める……。

海の家のことなど。

六月某日　晴

病院に行く。

半年ごとの、定期的にMRIをとる検査のためである。

今日は、お腹のMRI。五人ほどいる技師さんのうち、谷啓《たにけい》にそっくりな技師さんに呼ばれ、いつもの、「いれずみはしていないか、濃いマスカラはつけていないか、磁気ネックレスなどしていないか（すべて、磁気に反応して熱を発するため）」等々の確認をおこなう。

ガガガガガガ、ジョンジョンジョンジョンジョン、ドドドドド、といった、これもいつもの工事現場的な騒音に満ちた検査を、十五分ほどで無事終了。わたしも検査のベテランになったもんだぜ、と、そこはかとなく自慢に思いながら、病院を出る。

六月某日　晴

病院に行く。昨日はお腹のＭＲＩだったが、今日は頭部のＭＲＩである。昨日と同じ、谷啓にそっくりな技師さんに呼ばれ、いつもの、「いれずみはしていないか、濃いマスカラはつけていないか」というところまで確認したところで、谷啓氏、

「あっ、昨日も来てましたよね」

と、気がつく。

なんだか、スーパーの安いティッシュお一人さま五箱限定セールに毎日来続けていることを、スーパーの店長さんに見つかってしまったような気まずさ。

確認事項は途中のままに、ふたたび、ガガガガガ、ジョンジョンジョンジョンジョン、ドドドドド、の騒音を聞きながら検査。

十五分ほどで終了。技師さんとは、互いに顔を見ないようにして、そそく

さと別れる。ベテランの悲しみだな、くそ、と思いながら、病院を出る。

六月某日　雨

実は、「食べログ」を読むのが、大好きである。

以前はそうでもなかったけれど、この数年で、「食べログ」に命かけてます、という勢いでたくさんの店を紹介する人が増えたからである。

わざわざ有名な店に行って悪口を言う派。

絶対に悪口は言わないけれど好きではない店には点数をつけない派。

必要以上に礼儀正しい派。

地元らしき店をしらみつぶしに紹介する派。

地方出張の時を利用して紹介地域を広げているらしき派。

擬古文で文章を書く派。

酔っ払いながら書く派。

参考にすることは、ほぼないにもかかわらず（仕事の時以外はほとんど外食をしないので）、じっくりと眺める。それから、書いているひとの好みそうな服装や好きな映画を、想像してみる（たぶん、全然当たっていない）。

雨の日の楽しみの一つである。

六月某日　雨

もう一つ、雨の日の楽しみ。

傘はささず、ビニールのレインコートを着て、はだしでぺたぺた家の近くの小路をしばらく歩きまわり、その後、泥っぽくびしょびしょした足のまま公園の水道で足を洗い、用意しておいたタオルで足をふき、ゴムぞうりをはく。

この二十年ほど海に行っていないので、その代替としての「足ぬれの儀式」である。

外の水道で汚れた足を洗い、そのあと乾いたタオルでふく、というのが、ポイント。海の家のことなど想像しながら洗うと、ますますよい。

四丁目の呪い。

七月某日　曇

真夜中近く、タクシーに乗る。

四谷三丁目から、新宿の少しはずれまでである。

途中、運転手さんが「四谷四丁目の呪い」について、切れ目なしにずっと喋りつづけるので、閉口する。どうやら、四谷四丁目近辺の道路では、尋常ならざる死が、江戸時代の昔より頻発しているらしいのである。

昼間ならまだしも、真夜中近くに、それも、途切れたり突然小さな声になったり、かと思うと怒鳴り声に近くなったりしながら、えんえん「四谷四丁目の呪い」についで説きつづける運転手さんの名前を、怖さのあまり、手帳に書きつける。

新宿で降りた時には、怖さのためか足ががくがくで、目当ての店の階段を上りながら何回もよろけ、落ちそうになる。ただし、すでに酔っ払っていたので、よろけたのは「四谷四丁目の呪い」とは無関係（でありますように）。

七月某日　雨

前日手書きつけたタクシーの運転手さんの名前を見ようと、手帳を開くも、どこにも名前は書いていない。

もしや、あのタクシーの運転手さん自身が、「四谷四丁目の呪い」を語る亡霊だったのか!?

怖さのあまり、大玉西瓜を四分の一、むさぼり食う。ところで、近々《きんきん》の「東京日記」を読み返すと、「○○のあまり××を食べる」という記述が非常に多いことに気がつく。ものを食べるのに、いちいち妙な理由をつけてはいけないと自省しつつ、西瓜の皮の白いところまで、しっかり食べ尽くす。

七月某日　雨

夏なのに、寒い。そして、雨が激しく降っている。

唐突だが、トレンチコートのベルトをうしろで蝶結びにすると、電車の座席などに座った時背中が痛いという困惑を、人々はどうやってやり過ごしているのだろうか？

七月某日　晴

どうやらポケモンＧＯの配信が始まったようで、近くの公園が人で埋まっている。

ポケモンＧＯをダウンロードできない近所の主婦友だち（共にガラケーしか所有していない）と、「あの公園には、コイキングだけしか出ないそうよ」と、怪しい伝聞を伝え合い、自分たちがポケモンＧＯをプレイできない鬱憤をはらす。そもそも、コイキングがどんなものだかも、はっきりとは知らない二人なのであるが……。

におい、するの？

八月某日　晴

引き続き、「ポケモンGO」が、巷を席巻している。

バスに乗った時に、すぐ前の席に座っていた母親と子どもの会話。

「ねえ、おかあさん、このバスの中、なんだか動物の匂いがする」

「そう？」

「ねえ、ポケモンって、におい、するの？」

「さあ？」

「なんか、ものすごく大きなポケモンの匂いがするの。妖怪みたいに大きいやつ」

ちなみに、ポケモンGOをプレイしていたのは、母親の方。

子どもは、礼儀正しく膝をそろえて座り、床に届かない足を所在なさげにぶらぶらさせつつ、幼稚園の制帽のひもを、時々ぱちんと指ではじいていました。

八月某日　曇

テレビドラマの中の気になるものシリーズ、その二（その一については、本書一九ページ参照）。

なぜドラマの中の夫婦の寝室のあかりは、夫婦が寝入ったあとも、煌々《こうこう》と灯りつづけているのだろう。

あの人たちには、節電という概念はないのだろうか。

あるいは、ドラマの中の夫婦は、必ずや強度の暗闇恐怖症なのだろうか。

もう一つ。

ドラマの中の人たちは、なぜ玄関を閉めたあと施錠をしないのだろう。

どの家の玄関扉にも、ホテルのような自動施錠できるしかけがほどこされているのだろうか。

あるいは、ドラマの中の世界には、空き巣ねらいというものは存在しないのだろうか。

あらゆる猟奇犯罪者やストーカーや殺し屋などが、ドラマの世界には満ちあふれているというのに、空き巣ねらいだけは存在しないのだろうか……。

八月某日　晴

庭のシダ（巨大）を、十五本引っこ抜く。うちで植えたものではなく、昔からこのあたりに自生していたものが、ある日地中で目覚めて芽を出し、級数的に増えたのである。

今では庭じゅうがシダでおおいつくされており、この前も家に来た知人が、

「恐竜とか住んでますか、この庭？」

と言っていた。体長五センチくらいの恐竜ならば二十匹くらい住めますね、と続けながらシダをなでていた知人のことを思うと、引っこ抜くのは少しためらわれたが、なにしろシダがすべての植物と雑草を駆逐して増えてゆくので、しかたがない。

引っこ抜いてみてわかったこと。

このシダはすべて地下茎でつながりあっている。地下茎の直径は約三センチ。

「獰猛な奴め……」とつぶやきながら、半日かけて駆除。

八月某日　晴

ぎっくり腰になる。

シダの呪いか。

あるいは、シダの中で暮らしていた体長五センチの恐竜たちの恨みか。

いちにち横たわって過ごす。

夕方、今年はじめてのツクツクホウシの鳴き声を聞く。

夏休みも、もうじき終わりである。

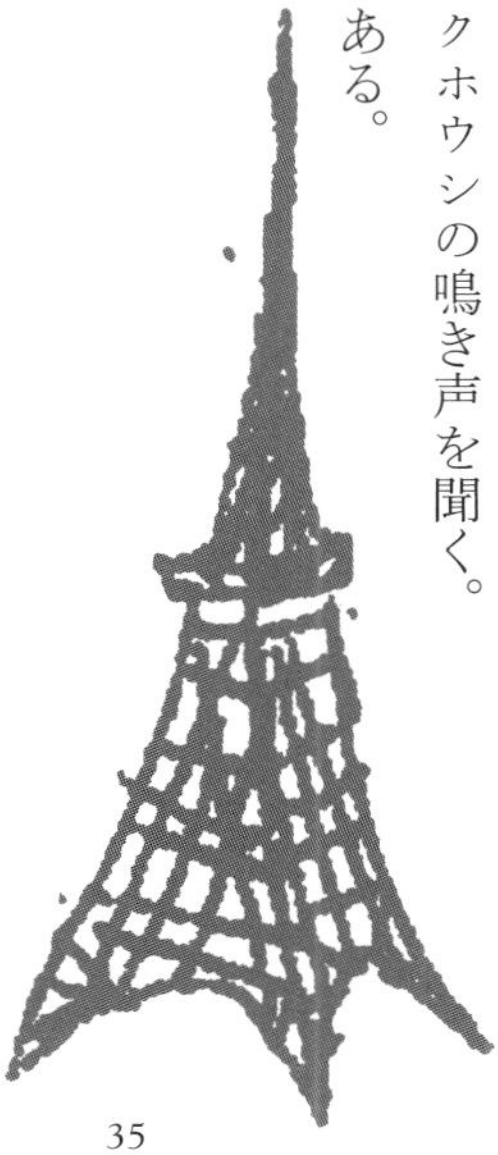

単刀直入なんです。

九月某日　晴

大学時代の友だちと会う。

すでに忘れて久しいのだけれど、思いだしてみれば、わたしは学生時代、理系だった。だから、その時期の友だちも、たいがいは理系である。

友だちは、卒業後はずっと研究職にある。

喫茶店でコーヒーを飲みながら、よもやま話。

友だち、のんびりと「ふきん」の話をする。

鼻の中にある「ふきん」の話。

大腸にある「ふきん」の話。

「ふきん」を培養する話。

「そ、その、ふ、ふきんって、ず、ずいぶんミクロなんだね」

と、理系らしき語彙（「ミクロ」という言葉に集約）を背伸びして使って、おそるおそる聞いてみる。

「うん、ふきんは、小さいよね」

どうやら、「ふきん」を形容する言葉としては、「小さい」という、素直な言葉の方が適していたもよう。

「小さいんだ、ふきん」

「小さくて、まるいよね、ぶきんは」

ここで、「ふきん」と思いこんでいたものが、実は「ぶきん」であることが判明。

「ぶ、ぶきんって、何？」

勇気をだして、聞いてみる。

「ブドウ球菌だよ」

「そっかー、ブドウ球菌かー」

なんでもないことのように答えながら、その昔自分が授業でも実験でも、ものすごい落ちこぼれだったことを急激に思い出し、心の中で「ひっ」と叫ぶ。

九月某日　晴

大学時代の友だちと会う。

先日の友だちとは、ちがう友だちである。

わたしは離婚して久しいが、友だちで結婚したひとたちは、たいがいずっと結婚生活をいとなみ続けている。すなわち、わたしが元夫と生活していた期間よりも、ずっと長い時間を夫と過ごし続けているわけである。そのような生活がどんなふうなのか、興味しんしんなので、結婚している友だちと会うと、いつも夫とのことを聞くことにしている。

「夫って、どう？」

単刀直入に、訊ねる。

「夫って、邪魔ね」

単刀直入な答えが、くる。

「邪魔なんだ」

「邪魔だけど、きらいじゃないから」

「きらいじゃなくても、邪魔だと、困らない？」

「夫は、小さなキノコみたいなものだと思えば、腹も立たないよ」

「キノコ」

「あるいは、ブ菌だと思ってもいいかもしれない」

出た！　ブ菌。

「ブ菌は、一見邪魔に思えるけど、無毒なものは、人体の役に立ってるからね」

友だちは、さばさばと言うのだった。

九月某日　晴

また大学時代の友だちと会う。

今日の友だちは、珍しく、文系の友だちである。

彼女も結婚生活をずっと続けているので、夫について、訊ねてみる。

「夫って、どう?」

「うーん、もう三十年以上一緒にいるけど、夫のことは、よくわからない」

「よくわからないんだ」

「うん。でも、この前新発見があった」

「新発見」

「あのね、夫と大げんかしたの。ラインで、一時間以上言いあったの。そしたら」

「そしたら?」

「夫に、言語能力があったことを発見しちゃった。びっくり」

ちなみに、友だちの夫は、結婚以来「うん」「ああ」「風呂に入る」「先寝て

て」などの言葉しか発しないため、言語能力はほとんどないと思いこんでいた由。

「それなのにラインだと、雄弁で、形容詞もたくさん使うし、効果的な言い回しとかできるし、感情表現も豊かなのよ」

長年連れ添った夫婦の不思議と、文系理系の視点のちがいの不思議を学んだ、この一ケ月でありました。

急に飛び出る毛。

十月某日　晴

友だちと、電話。

「ねえ、近ごろね、急に飛び出る毛が、ものすごく気になって」

急に飛び出る毛。いったいそれは、何なのだろう。

「耳とか、くびすじとかに、突然一本長い毛がはえてくること、ない？」

友だちの言うには、それは老化のしるしだそうで、年とった賢人の眉毛がやたら長い、というような現象も、その一端である由。

「賢人になれるなら、いいじゃない」

と言うと、友だちは電話の向こうで「ぶー」というような声を出しながら、

「賢人になれるならいいけど、急に飛び出る毛がはえた人間が賢人になれる

確率は、0・02%しかないよ」

と、断言する。

「ただの、急に飛び出る毛のはえた年よりなんだよ、あたしたちは」

という友だちの言葉に、衿をただす思い。

そうか、わたしはもう、「急に毛の飛び出る年齢」の、「賢人ではない、ただの年より」なんだ。

でも、どう考えても、賢人になるよりも、ただの年よりになる方が楽しそうなので、まあいいとしようか、と、友だちと言いあいながら、電話を切る。

その後鏡でじっくりと調べたところ、ほんとうにありました、「急に飛び出る毛」が。

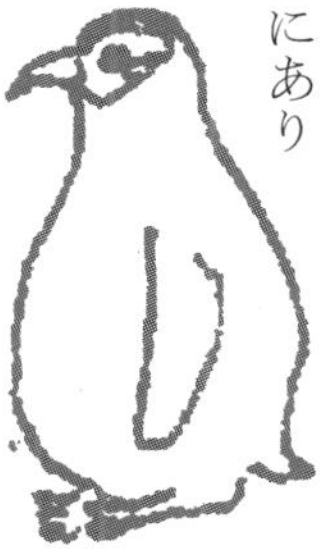

十月某日　曇

少し遠出して、その街で散歩。

和食屋さんがある。

店先に、貼り紙がしてある。

「今年は松茸が非常に高いので、当店では通常ご提供しております松茸のメニューをお客様にご提供することができません。ただし、松茸のお持ち込みは歓迎です。松茸をお持ち下さったお客様には、もれなく人件費のみの値段で、松茸のメニューをご提供いたします。何卒よろしくご理解下さるようお願い申し上げます」

とのこと。

松茸の持ち込み。

いったいどんな人が松茸の持ち込みをおこなうのか、そして店の人が「人件費」としてどんな値段をつけるのか、ぜひ見てみたいが、怖いので、店には入れず。

十月某日　雨

また友だちと電話。

「この前、ゾンビの匂いのするタクシーに乗っちゃった」

と、友だち。

おかえしに、松茸持ち込みの店の話をしてあげる。

秋は、いろんな匂いのあるものが活躍する季節であることを確認しあい、電話を切る。

十月某日　晴

また初めての街に行き、ラーメン屋さんに入る。

「当店のラーメンは、胡椒をふると、おいしさが23％減少します」

という貼り紙が、壁にある。

23％。

それは、どんな計算で出てきた数字なのだろう。

ぜひ胡椒使用前と使用後の味を確かめてみたいと思ったのだけれど、カウンターのすぐ目の前で、おっかない顔の店主がじろじろ見張っているので、怖くて胡椒をふること、かなわず。

十月某日　曇

友だちに電話して、このごろのお店が総体に怖いことをこぼす。

友だち、

「しょうがないよ、急に飛び出す毛がはえてくる年齢の者は、もう家に引っこんでろっていうことなんだよ。だから、家ではせいいっぱい暴れるように」

との助言をしてくれる。

家でせいいっぱい暴れるのも、いやだなあと思いつつ、夕食にはラーメンをつくって思いきりたくさんの胡椒をふり、せいいっぱい暴れた気持ちになって、少しだけ満足。

さよなら、ながいくん。

十一月某日　晴

映画を見に行く。

終わってからお手洗いに行くと、たくさんの個室が整備されている。そののち、一緒に見に行った人たちと、軽く飲み。

「知ってますか」

と、中の一人。

「ヨーロッパの劇場などには、お手洗いの個室は、二つか三つくらいしかないんですよ」

「それじゃあ、列が長く並ぶでしょう。幕間のある演《だ》し物なんかだと、時間に間に合わなくなったりしません？」

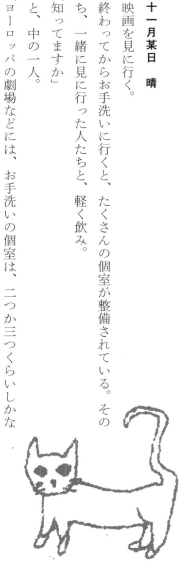

「いえ、それが、大丈夫なんです」

「なぜ?」

「農耕民族の膀胱《ぼうこう》は小さいけれど、狩猟民族の膀胱はとっても大きいからです。だから、幕間でも列なんかできません」

とっても大きい膀胱。

と、みんなで復唱。

そののち、小さな膀胱のくせにたくさんビールを飲んだ農耕民族たちは、しばしばお手洗いに立ちつつ、「とっても大きい膀胱」と、おりにふれてはつぶやき続けたのであった。

十一月某日　雨

今日から友だち四人で二泊三日の台湾旅行。

台湾は雨の多い国だと聞いていたので、おりたたみではなく長い傘を一本持って空港に行く。

同じ飛行機に乗った人で、長い傘を持っている人は、一人もおらず。台湾で大雨にあって、小さなおりたたみ傘で往生しても知らないからね、と、内心でこっそり思う。

十一月某日　曇ときどき晴

台湾はしごく快適。でも、なぜだかしょっちゅう台湾の言葉で道を聞かれる。

長い傘を使うほどの大雨には、まだあわず。

十一月某日　曇ときどき晴

結局、長い傘は一度も開かないまま、旅が終わる。

台湾滞在中に、道や電車の行き先やバスについて聞かれたのは、総計五回。たぶん、長い傘を持っていたから、台湾在住の人に見えたのではないかと、同行の友だち。

「最初に言うと傷つくかと思って言わなかったけど、二泊くらいの海外旅行に長い傘を持って行く人って、まずいないから」

とのこと。

そんなに珍しいのだろうか、長い傘持参。透明なこのジャンプ傘に、「ながいくん」という名をつけて、これからは海外短期滞在旅行には、いつも持ってゆくことを決意。

十一月某日　雨のち晴

東京が雨なので、「ながいくん」を連れて出かける。

電車に乗り、用をたし、また電車に乗り、用をたし、また電車に乗って家に帰ってきて、気がついてみると、「ながいくん」の姿がない。

しばらく茫然とし、それから「さよなら、ながいくん」とつぶやき、少し泣く。

台湾で雨が降らなかったにもかかわらず失くすことのなかった「ながいくん」なのに、東京では

雨の降る中簡単に失くしてしまった「ながいくん」。この東京のどこを今ごろさまよっているのだろうか、「ながいくん」。もし「ながいくん」を拾った方がいらしたら、どうぞ彼のことを、末永くよろしくお願いいたします。

霊長類。

十二月某日　晴

電車に乗る。

向かいに座っている大学生くらいの女の子三人が、全員でバナナを食べている。むさぼるように食べている。結局渋谷に着くまでに、一人のかばんの中から次々に出てきた二房全部を、三人で食べ尽くしたのであった。

十二月某日　晴

先日のバナナを食べる女の子の話を、友だちと電話した時にしてみる。

「それは、おさるが化けた女の子たちじゃないのかなあ」

違うと思ったので、黙っていると、

「あるいは、スローロリスが化けたものかも。スローロリスも、バナナがすごく好きなのよ」

それも違うと思って、さらに黙っていると、

「ま、おさるもスローロリスも人間も霊長類だから、気にすることはないわよ」

といい、友だち、さっさと電話をきる。

気にすることないのか？

十二月某日　雨

このごろ「コーヒー訓練」をしている。

コーヒーを少しでも飲むと、眠りが浅くなり、睡眠時間が短くなる。なので、コーヒーはなるべく飲まずにきた人生なのだけれど、コーヒーの味は好きなのである。

克服すればいいのだ。

と、先月突然思いつき、一日一杯ずつ飲む訓練をしているわけである。

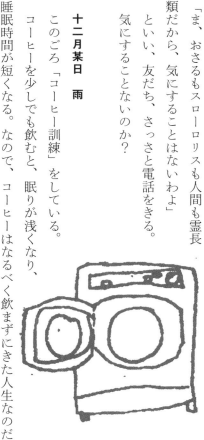

毎日飲むようになったので、毎日眠れないようになるかと予想していたが、そうでもない。
先週の睡眠時間を記録すると、こんなふうである。
五時間　六時間　九時間　六時間　四時間　十時間　七時間
平均七時間は眠れているうえに、コーヒーを飲まない時も、仕事の様子によっては、同じように睡眠時間に波があったことをかんがみると、もしや眠れなかったのはコーヒーのせいではなく、気のせいだったのだろうか。

十二月某日　曇

コーヒーで眠れなくなるというのが思いこみだったらしいので、安心してコーヒーの仲間であるチョコレートをたくさん食べる。

「今日はいやにチョコレート食べるね」

と、家人に言われる。

「コーヒーに弱くなかったことがわかったから、安心してチョコレートも食べられるよ」

と答えると、家人、首をかしげる。なぜ首などかしげるのだろう。

十二月某日　晴

コーヒー豆とカカオ豆が同一のものではないことを知り、仰天。同じように黒いし、食べたり飲んだりすると、同じように眠れなくなるのに。

ネットで調べると、わたしと同様の勘違いをしている人は案外多くて、Yahoo!知恵袋にも、その類の質問がいくつもある。

「両者は全く別の植物です」「アカネ科とアオイ科です」「おもいきり違うものなのです」

とのこと。

同一のものかそうでないか、といえば、リンスとコンディショナーについても、違いがわかっていない。トルティーヤとトルティージャのことも。ヴァイオリンとヴィオラの区別もつかない。遠くから見るとまったく同じに思えるし、音色を聞いてもどちらがどちらだか判然としない。白ゴマと黒ゴマは、違う種類の植物なのか？　チョコレート色なのは、阪神電車と阪急電車のどちらなのか？　オーバーとコートの関係は？……

でも、ささやかな謎は人生に必要なものなので、みなさま、どうか正しい答えなど投書しないで下さいね。

ドグモ。

一月某日　晴

知人から、不思議な雑誌をもらう。

國學院大學博物館に行ったら置いてあったという。誌名は「縄文ZINE」。

縄文に関することばかり載っている。

「最近の縄文人」

「忙しい現代人のための土偶絵描き歌　板状土偶編」

「縄文人おすすめの映画」

「こちら青森県津軽市亀ヶ岡遺跡前派出所」（マンガ）

などの記事満載である。

すでに五号まで発行されている。

知人は、勾玉《まがたま》フリーク。

「近ごろ、土偶に対する興味も深まってってね」と言いながら、両手でスーパーマーケットの袋を提げているような格好をしつつ、「縄文ZINE」を渡してくれた。いったいその姿勢は何の姿勢？　と聞こうとする間に、知人、素早く去る。

一月某日　晴

ひきつづき、「縄文ZINE」に読みふける。

「DOGUMO《ドグモ》」というコーナーがある。

読モではなく、ドグモである。

有名な土偶の姿勢をして写真にうつる、というコーナーなのである。

雑誌には、何人ものドグモの写真があるが、これだけではあきたらず、ネットで「縄文ZINE」のホームページも検索してみる。

山のように、ドグモ写真がある。

どうやら勾玉フリーク・最近は土偶に興味しんしん、の知人がしていた姿勢は、遮光器土偶の姿勢であったらしい。

開けてはいけない扉を開け、地に潜って隠れ住んでいる人たちの密かな活動を垣間見てしまった心地。

お願いだから、その場所にわたしのことを引きこまないでくれ、と内心で叫びながら、どうにも「縄文ZINE」のホームページを読みつづけることをやめられない。

「縄文人立話」が、ことに面白い。縄文人Aと縄文人Bのかけあいなのだけれど、どうやらかれらにとっては「弥生人」は唾棄すべき存在らしい（縄文人が弥生的な発言をすると、「この弥生野郎、米でもくらえ！」と叱られる）。

それから、縄文人の映画評は、とても共感できます。

一月某日　晴

縄文ショックからたちなおるため、友だちに電話する。

縄文関係の話は決してすまいと思っているのに、知らないうちにべらべらと「縄文ZINE」がいかに面白いかということを喋りまくっている。でも、

「何かが面白い」ということを説明されるのは、夢の話を聞かされるのと同じくらい退屈らしく、友だちは全然「縄文ＺＩＮＥ」の楽しさを理解してくれない。

「ストサーって、ストーンサークルのことなんだよ」だの、

「縄文人の冗談は、縄談って言うんだよ」

と説明しても、友だち、まったく反応なし。

しかたがないので、先月植木屋さんから聞いた、「桜の木につく毛虫は、とてもおいしくて、『桜の毛虫を食べる会』がある」という話をすると、友だち、大いに喜ぶ。

（この未来野郎――来《きた》るべき食糧危機の未来には、昆虫食が中心になるそうなので――、カミキリでも食らえ！）と、内心で毒づくが、もしかすると昆虫は縄文人も食べていたのではないかと思いつき、複雑な心境。

一月某日　晴

縄文にふりまわされた今月後半を反省し、仕事をたくさんする。

仕事の合間に、「そういえば、結婚前に、元夫と、静岡市立登呂博物館でデートしたな」だの、「浅間縄文ミュージアムには、今の家人と一緒に行ってたくさんの縄文土器を見たな」だのと追想にふけってしまうが、がんばって仕事をする。

仕事を終え、一人でゆっくりとお酒を飲む。だんだんに酔っ払ってきて、「そうだ、わたしは生まれつき縄文と縁のある女なのだ。だから、ぜひドグモに応募しよう」という気持ちがどんどんふくらんでゆくが、必死に我慢。絶対に、ドグモには応募しません。縄文の世界にも、これ以上引きこまれません。今月の「東京日記」は、隅から隅まで、縄文のことであるが、これは今月のことだけであって、来月にはきれいさっぱり縄文から離れる。離れるといったら、離れる（たぶん。きっと。おそらく）。

日本人はまったく好まない。

二月某日　晴

イギリスに仕事で行くことになる。

今日は、出発の日。

珍しく一人旅なので、緊張。

空港に早めに行き、待機。あまりに早く着いてしまったので、お茶を飲み、校正をおこない、空港内をうろうろし、また校正をおこない、ふたたびお茶を飲んでいると、「カワカミヒロミさん、いらしたら至急〇番ゲートまでおいでください」との放送がかかる。

出発三時間前に来たはずなのに、いつの間にか出発の十五分前になっているではないか。

全速力でゲートまで走る。髪がなびき、コートの裾がひらめき、背中にしょったリュックががたがたと揺れている。ああ、と心の中でつぶやきながら、ともかく全力疾走。

二月某日　晴

ようやく飛行機に無事乗りこみ、全力疾走による動悸をしずめ、「チキン？ビーフ？」の試練も乗り越え、お隣の人たちの膝をかきわけてお手洗いにも数回行き、それでもまだ目的地に着かない。映画を三本見て、校正を少しして、それでもまだ着かない。ぐるりを見まわすと、人でいっぱい。そして、ほぼすべての人が目を閉じすやすやと寝入っている。

この飛行機の中にゾンビがひそんでいて、目的地に着くころには、ほぼすべての人たちがゾンビになっている、けれど自分だけはゾンビにしてもらえない、という状況になっているような気がして、また動悸、激しく。

二月某日　曇

目的地にようやく着き、ホテルまで無事に移動し、チェックインし、一安心。

ようやくぐっすり眠れると思って夜ベッドに横たわるも、時差のためか全然眠れず。ほとんど一睡もしないまま、朝をむかえる。

ぼんやりしたまま、仕事。

二月某日　曇

昨夜もまた、三十分ほどしか眠れず。

ぼんやりしたまま、仕事。

二月某日　晴のち曇

また眠れず。

二月某日　曇

ようやく眠れるも、やはり三十分で起きてしまう。もしかすると、飛行機の中で、わたしだけゾンビになり、もう眠らなくても生きていけるようになってしまったのかもしれないと思いつき、動悸、激し。でも、動悸がしているのだから、ゾンビではないのか？　ぼんやりしたまま、仕事。夜、眠るためにビールをしこたま飲む。でも、なかなか寝つかれず。

二月某日　曇

現地のひとに、「眠れないんですよ」と相談してみる。眠る方法は知らないけれど、もしかするとこれを食べると少しは気分がよくなるかも、これは現地人にとっての納豆です、と、「マーマイト」というものをもらう。

パンに塗って食べるための、酵母菌由来の食品である。てのひらに載るくらいの瓶に入っていて、色は、まっくろ。見た目は、梅肉エキスそっくり。でも、酸っぱくはなくて、しょっぱい。ホテルの朝食で出てきたパンに塗って、もそもそ食べてみる。

二月某日　雨

マーマイトのおかげか、昨夜は三時間ほど眠れる。

本屋さんで公開対談と、サイン会。『センセイの鞄』の中に書かれている居酒屋にモデルはあるんですか、との質問を受け、お店の名前を教える。きっといつか行きます、と、質問者。もしある日突然イギリスからのお客さんがやってきても、びっくりしないでください、モデルの居酒屋さんのご主人。

二月某日　雨

外国滞在の、最終日。一人で飛行場に行き、搭乗を待っている間に、校正を少しおこない、水を飲み、また校正を少しおこなう。今回は名前を呼ばれないよう、ずっとゲートのそばの椅子に座っている。お手洗いに行きたくなるが、我慢して座っている。

ようやく搭乗し、「チキン？　ビーフ？」の試練、隣の席の人の膝をかきわけてのお手洗い行き、ゾンビの不安等々をふたたび乗り越えて、成田に到着。

スーツケースの中には、マーマイトの瓶が五つ。ウィキペディアには「日本人はこの食品をまったく好まない」と書いてあるが、さて、誰にみやげとして渡すべきか（一つは「東京日記」の担当の編集者に渡すと、すでに心の中では決定済み）。

ボンジュー。

三月某日　晴

歌舞伎役者のたましいを瓶にいれて、しばらく旅をする。どう考えても夢なはずなのに、自分をつねってみると痛いし、時間が飛んだり場所が突然移動したりすることもないし、たましいは桃色にうすく光っていていてとてもきれいだしで、どうしても夢とは思えない。

そのまま、四日旅を続け、家に帰る。

荷物を解いている間に、たましいは消えていた。

三月某日　晴

飲み会に行く。

このごろあまり煙草を吸う人がいないのだが、飲み会では、五人のうち三人が煙草を吸っている。

なぜ煙草をやめないかについて、三人、いろいろ教えてくれる。

世の中の嫌煙ぶりがいまいましいから、意地でもやめない

煙草を吸わないと仕事ができない

じいさんの遺言なのでやめられない

昔別れた彼女との大切な煙草の思い出があるので、やめる気持ちになれない

依存しているから

などという、予想のつく理由のほかに、

病気になった時に、やめるものがないと、つらいから

というものがあって、一同、感心。

三月某日　曇

先月イギリスに行った時に、あまりに英語ができなかったので、一念発起

して英語学校に通うことにする。
いろいろネットを見たり、電話帳を調べたり、知人に聞いたりして、二つの学校の面接のようなものに行ってみることに決める。そのとたんに、
ハワユーアイムボンジューセンキュー
という、妙なフレーズが、突然耳について、離れなくなる。夜中ふと目覚めた時にも、朝早く起きてしまってぼんやり寝床で横になったままでいる時にも、ゴミを捨てに行く時にも、朝のヨーグルトを食べている時にも、離れない。
初級英語の神様と、初級フランス語の神様に、嫌われぬいているにちがいない心地。

三月某日　雨

いよいよ面接に行く。
三十分ほど、英語しか使わない英語圏の人と向かいあい、とても気まずい。
授業の見本として、どうやったらレストランの予約ができるのかを教えて

あげよう、と、英語圏の人は言っているらしいのだが、やはり気まずい。なぜなら、もしレストランの予約をわたしが今日おこなうとしたら、十一人ぶんの予約をしなければならないのです、その中にはハラールの人が二人、ビーガンの人が五人、フルータリアンが一人、インド式ベジタリアンが二人、そしてあと一人はベジタリアンでもなんでもないわたしで、おまけに十一人のうちの二人は、現在絶交中なのです、あと、先月別れたばかりのカップルも、三組います、という例しか、咄嗟《とっさ》に思いつけず、もっと簡単な例を思いつこうとすればするほど、れいの「ハワユーアイムボンジューセンキュー」が頭の中でわんわん鳴り響くからである。

結局、予約の練習すらできず、一番下のクラスから始めることに。まずは、ハワユーアイムボンジューセンキューを頭から追い出すことから始めなければと決意しつつ、とぼとぼ家路をたどる。その間も、ボンジセンキューリザベーション（英語圏の人と話をしたので、少し変化した）が鳴り響き続けていたのは、言うまでもない。

不如意なんです。

四月某日　晴

先月末から、英会話を習いはじめている。

外国に行った時の、さまざまな場面で使いそうな英語について、教わる。

電車に乗る時。

レストランで頼んだメキシコ料理が辛すぎて水を頼む時。

ホテルの従業員になったとして、予約を受ける時。

天気予報官となって今日の天気を予報する時。

ひどいインフルエンザにかかって会社を休み、そのうえぜんそくも出てしまった、さらに歯痛で、最終的には棚の角に額をぶつけてひどく腫れてきた、という時。

(こんなシチュエーションは、ありえないのではないだろうか)

という場面も、たまに出てくるが、そこは大人なので、深追いせず、ホテルの従業員の役その他を、「オウ」「ソーフ」などの相づちを交えつつ、とつとつとこなす。

今日は、旅行用のスーツケースに何を入れるかについて、先生と論議。

「旅に出る時、何をいちばんスーツケースに入れ忘れますか」

と、先生。あせる。自慢ではないが、わたしはスーツケースに何かを入れすぎることはあっても、何かを忘れることは、まずないのだ。旅先で読みきれないほどの多量の本、着替えきれないほどのパンツとTシャツ、つけないで終わるピアス十数組、シャンプー、リンス、バスタオル、柿の種、数独本十冊、などなどを、たった三日ほどの旅のためにスーツケースにつめ、青息吐息でその重さに耐えるのを、ならいとしている。

「くつしたです」

と、おとなしく嘘をつく(くつしたも、むろん必ずや五組は持ってゆく)。

すると、先生は非常に喜んでくれる。あまつさえ、

「この質問をすると、ほぼすべての人が、くつしたと答えます。ぼくもくつしたを忘れることが多いです。友だちの結婚式用のスーツを一式きちんと揃えて持って行った時も、くつしたを忘れました。しかたないのではだしにスーツ、というかっこうで結婚式にでました」

と、教えてくれる（もちろん、一回でこのようにすぐさま意味がわかったのではなく、え？　え？　え？　と、七回くらい聞き返した後にようやくその内容を把握）。

先生は、黒髪のハンサムな日系アメリカ人である。はだしにスーツ、というかっこうが、たいそう似合いそうな先生を眺めつつ、「オウ」などと喉の奥で言いつつ、にこやかな笑いをうかべつつ、（先生、そんな貴重な体験を、極東の英語不如意な、そのうえ不正直な女に開陳してくださって、ありがとう。先生の人生に幸がありますように）と、心の中で祈る。

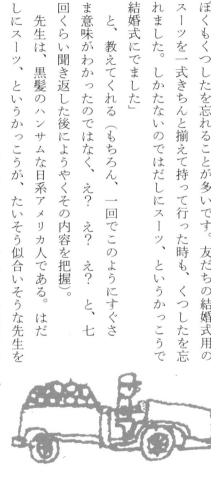

四月某日　晴

今日も英会話に。

不如意な英語をへどもど喋りつつ、またいろいろ、心の中で祈る。

四月某日　曇

今日も英会話、またまたいろいろ、祈る。

四月某日　雨

またまたいろいろ、祈る。

英会話とは、つまり祈りなのである。という、妙な世界に入ってゆきそうになる自分を必死におさえつつ、いろいろ、祈る。

四月某日　晴

このところの英会話関係の祈りにすっかり飽きて、飲みにくりだす。

近所の居酒屋で、たくさん飲み、満足。

隣に座った見知らぬ人から、

「わたしはこの町でいちばん病弱な人間なんですよ」

と、妙な自慢をされる。わたしはこの町でいちばん英語不如意な人間なんですよ、と、威張り返したいのを、必死におしとどめる。

帰り道、お花見でにぎわっている公園を通って家に帰る。なまあたたかい、春の夜である。

小さい人魚。

五月某日　晴

三月の「東京日記」を読んだひとから、

「英会話を始めたんですね？」

と聞かれる。

「東京日記」を読んだ、と、友だちや知人から言及されたことは、よく考えると、二百回近く連載しているにもかかわらず、今まで二回くらいしかないのに、このひとの反応をかわきりに、この後五人以上のひとから、

「英会話、なんですね……」

と、驚かれる。英会話というものが、それほどひとびとの関心をよぶものだからなのか、あるいは、わたしと英会話の組み合わせが、異様なものなの

だからなのか。

その、五人のうちの一人から聞いた話。

英語には、現在完了だの過去完了だのがあるが、実は高知の言葉にも、現在完了形、過去完了形、未来形などが存在する。雨がふりゆう（現在進行形）。雨がふっちゅう（現在完了形）。雨がふっちょった（過去完了形）。雨がふりよった（過去完了進行形）。あるいは、いんだ（「去った」の意。過去形）。いんじょった（過去完了形）。いによった（直前完了形）。いぬ（未来形）。いの（Let's、すなわち「去ろう」の意）。などなどである。

理解できず、頭がぼんやりして、しばらく放心。

小説など書いているが、自分の言語能力はかなり低いものであると、しみじみ思い知る昨今である。

五月某日　曇

道でばったり友だちに会う。

少しだけ、立ち話。

その時聞いた話。
友だちの知り合いの娘さんは、小さいころ、いつも蛸の足を一本持たされていた。娘さんは、ずっと蛸をしゃぶっていた。一本の足がしゃぶりつくされるのに、半日ほどかかった。娘さんはその後、有名な女優になった。だから、女優になりたい娘さんは、ぜひとも蛸の足をしゃぶるべきである。

五月某日　雨
和食のお店に行く。
いろいろ食べて、最後はお茶が出てくる。
「五月なので、菖蒲の葉のお茶を淹《い》れてみました」
と、ご主人。
なんと趣《おもむき》深いことを、と、感心しながら、菖蒲の葉のお茶を飲む。
ものすごく、なまぐさくて、おいしくない。
(小さな人魚がずっと浸かっていたお風呂のお湯を飲んだみたいな感じですね)

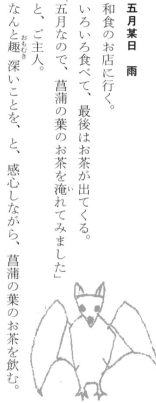

と、一緒に行ったうちの一人がささやく。店のご主人は、たいへん満足そうにお茶をすするわたしたちを眺めている。残すことができなくて、必死に飲み干す。

夜、小さな人魚の出てくる短い悪夢を断続的に見る。

五月某日　晴

カラスはときどきシカやウシの血を吸うのだ、という話を、編集者から聞く。

後日、同じ編集者から電話がくる。

カラスは、血を吸うのではなく、舐める、が正確（くちばしの形が、水分を吸うことに適していないので）。だそうです。

ビリーバンド三本。

六月某日　晴

実は、ずっと言いたくてしょうがないのだけれど、決して言ってはいけない秘密を、わたしは知っている。

それは、さる小説家のことである。

彼、あるいは彼女（性別も秘密）は、ビリーズブートキャンプをおこなっている。

発売した時から現在まで、休むことなく、ずっと続けておこなっている。

字幕では優しめの言葉に翻訳されているビリーのかけ声も、ちゃんと英語で聞きとり、ビリーの厳しい真意を日々受け止めている。

すでにビリーバンドを三本、使いつぶしている。

彼、あるいは彼女（承前・秘密）の作風と、ビリーズブートキャンプの共通点は、一つも、かけらほども、ない……。

六月某日　雨

ビリーズブートキャンプのことを考えたせいか、自分も体を動かそうという気分になる。

テレビのラジオ体操をおこなってみる。

ものすごく、疲れる。

夕方まで、寝こむ。

自分の作風どおりすぎて、つまらないことこのうえない……。

六月某日　雨

近所の小さなスーパーマーケットが今月で閉店になるというお知らせが、突然今日店頭に貼りだされている。

店が小さいので品揃えは今ひとつだし、駅から離れているのでお客が少なくて回転が悪く、しばしば新鮮ではないものが並んでいるし、お盆とお正月は必ず七日休むしと、スーパーとしてはかなり特異なのだけれど、それらの欠落もふくめ、心からこのスーパーを愛していたので、大ショック。

このショックを、誰に訴えればいいのかわからず、いちにち部屋の中をうろうろ。

夕方、少し泣く（比喩でも誇張でもなく、ほんとうに）。

六月某日　曇

スーパーが閉じてしまう前に、せめてもの思い出づくり（という言葉は嫌いなのだけれど、この場合やはり、その嫌いさもふくめ、「思い出づくり」と表現したい）のために、毎日少しずつ買い物をしようと思うのだけれど、恋人の裏切りにあったような心もちになっているため、どうしてもスーパーに行けない。

いちにち身もだえしながら、また部屋の中をうろうろ。

六月某日　曇

ついに、あと三日でスーパーが閉じる。閉店を知った日以来はじめて、スーパーの前まで行ってみる。でもやはり、店内に入ることができない。

わたしを裏切ったスーパー……。わたしのこの偏愛を受け入れてくれなくなったスーパー……。家に帰って切ってみると、五つのうち二つの茄子が傷んでいても、黙って処理して文句を言わず受け入れたわたしの意を、くんでくれなかったスーパー……。

夜、お酒を飲んだ勢いで外に出て、ついに三週間ぶりにスーパーに踏み入る。棚にはほとんど何も並んでおらず、少しの缶詰と少しの乾物と少しの乳製品と少しの野菜だけが、しんしんと冷たい夜のスーパーの店内に、「三割引」の値札つきで並んでいる。

店内を一周し、何も手には取らず、心の中で泣きながら帰宅。

六月某日　晴

ついに今日でスーパー閉店。

悔いが残らないくらい嘆ききったので、いっそのこと、もうすがすがしい。

朝から大掃除をし、その後仕事をみっしりおこなう。夜、吉祥寺駅構内の高級スーパーで買ってきた肉と野菜を調理。もう、裏切った恋人のことなどすっかり忘れて、新しい恋人と楽しくやるのだ。やるのだ。や……（ここで、こらえきれず、泣きふす）。

もりもり食べる。

七月某日　晴

体調が悪い。

といっても、熱が高かったり、お腹をこわす、という症状は出ていない。なんとなくどんよりして、なんとなくお腹が減らず、なんとなく起きる気がしない、という体調の悪さである。

ふつかよいにとても似ているが、ちがう。

原因は、うっすらと見当がついている。

ある人に会ったあと、必ずこのような状態になるのである。

そのある人に対しては、とても好感をもっているし、とてもいい人だし、会っている間は何のストレスもないのだけれど、その人に会ってしばらくすると、必ず体調を崩すのである。

人生の七不思議の一つである。

七月某日　雨

体調、戻る。

実は、「そのある人に会うと体調を崩す」に関しては、ある日突然思い当たり、このところずっと統計を取っている。

なんと、この数年間で、十二勝一敗。十二回体調を崩し、なんでもなかったのは、たったの一回である。

何かを欠席するために体調を崩したい時には、その人に会えばいいのだと、内心でずっと画策している自分をおしとどめようと、この一年間ずっと努力しているのだけれど、今月もやはりその人に会って体調が悪くなったことを確かめてしまったあとである今、その画策をおしとどめることは、大変に難しい。

七月某日　曇

どうしても行きたくない集まりがあり、ついにその人にわざわざ会って体調を崩すことを、はっきりと決意。

集まりの二日前にその人とお茶。家に帰り、体調が崩れることを静かに待つ。

夜の食欲は、旺盛。ぼんやりもしておらず、睡眠も快調。

七月某日　晴

集まりの日なるも、体調は万全。

しかたなく集まりに行く。苦手な雰囲気の中で、苦手なこの人あの人と過ごし、疲弊しきる。

家に帰って、夜中、体調を崩していることに気がつく。

時間差で来ても……、と、天を恨みながら、ベッドの上で輾転反側。

七月某日　晴

念のため、もう一度、会うと体調を崩す人についての統計を見直す。

新しい事実を発見。

会うと体調を崩す人と会った、その数日後には、偶然だが、必ず苦手な集まりがひかえていたのだ。

つまり、すでにわたしは無意識に、会合の前にその人にわざわざ会うことを繰り返していた、しかしその人に会った何日後に体調を崩すかどうかを直視せず、ぼんやりとその人に頼っていた、ということか？

還暦も間近だというのに、この精神的脆弱さと計算のできなさは、いったいどういうことなのか。そもそも、そんな逃避的で姑息な計算をすること自体、どうなのか。

自己嫌悪と驚きで、体調、戻る。夕食に、たくさん肉を焼いてもりもり食べる。苦手克服のため、苦瓜も食べる。いや、なんとなく、語呂合わせです……。

妻と夫たちの話。

八月某日　雨

タクシーに乗る。
その時に運転手さんから聞いた話。
妻は、イスラエル人である。
知りあったのは、昔勤めていた商社。
妻はユダヤ教なので、食べものの制約がある。
海産物のうちでは、うろこのある魚しか食べてはいけない。
動物では、豚を食べてはいけない。
しかし、妻はウニの寿司ととんこつラーメンが大好物である。
それらを食べる時には、妻は突然性格が変わり、たいへんに日本人的になる。というか、昆虫がまわりの葉っぱなどに擬態するのと同じように、日本人に擬態する。

ふだんは、非常にイスラエル人的である。

イスラエル人的、というのと、日本人的、というのは、どんなふうに違うんですか、と運転手さんに聞くと、

「イスラエル人は、しっかりしてて正直。日本人は、優柔不断で能天気」

とのこと。

八月某日　雨

知人（男性）から聞いた話。

知人は結婚しているが、一年のほとんどを仕事場で過ごし、家にはほとんど帰らない。

先月、お中元の高価な肉が知人の家に届いた。

知人は肉が大好きなのである。

その時、知人が妻から受けとったメール（ラインではない）は、以下のと

おり。

「きたわよ、肉が（署名、前置き、絵文字などは、いっさいナシ）」

おれ、妻を尊敬してるんだ。心から。と、つねづね知人は言っているのだけれど、なるほど、かっこいい妻である。ちなみに、肉以外の、知人が無関心そうな贈答品が来た時には、妻からの通知はないとのこと。ますます、かっこいい。

八月某日　雨

友人から聞いた話。

友人のお母さんは、夫である友人のお父さんに、まったく逆らうということをしなかった。常に夫をたて、かしずき、世話をつくした。

そのお母さんが、ただ一度だけ、お父さんに逆らったことがあった。

お父さんが、出張で中部地方の某所に行くことになった時、「絶対に行かないでください。そこに行くと、とてもよくないことが起こります。ともかく、行かないでください。でなければ、離婚します」

お母さんは、静かに言ったのだという。お父さんも、お母さんも、某所には縁はなく、また、親戚もいない。最初は笑っていたお父さんだったが、お母さんは絶対に引かず、最後には離婚届の用紙を役所から持ってきた。

しかたなく、お父さんは出張をとりやめ、そのことが原因で少しの間会社でいろいろ大変だった。

お母さんとお父さんはその後亡くなるまで穏やかな夫妻であり、お母さんは結局なぜあの時お父さんに逆らったのかを言わないまま、亡くなった。

「で、あれからずっと私、あの時のお母さんの心境を考えてきたんだけど、穏当な理由づけをするなら、一生にせめて一度くらい夫に逆らってみたくて、あんなことをしたのかなって。でもそんなのじゃなく、お母さんは実は魔女で、未来予知ができたのかも、とも思うんだ」

と、友人は話をしめくくったのであった。

八月某日　曇

友人から聞いた話。

夫があまり好きでなくなると、夫のことを鳩だと思うようにしている。鳩ならば、腹のたつことを言ったとしても蹴散らせばいいし、くーくー鳴いている時はかわいいし、もし本当に深刻に腹がたったら料理して食べてしまえばいいからである。

え、と一瞬絶句すると、友人はのんびりとした口調で、

「いや、まだ食べたことはないから。でもあたし、鳩、好きなんだよね。あれはおいしいよ、ほんと」

と、にこやかに言うのであった。

果て。

九月某日　曇

文学祭が開かれている外国に来ている。

地図で見ると、この国は「北半球の果て」とでも言うべき場所に、かなり適合している。

「アジアの果て」にかなり適合する場所にある日本からは、だから、遠い。

長らく飛行機に乗り、さらにまた乗り継ぎ、ようやく着いたそこは、夜の九時なのにまだほの明るかった。

港近くのホテルに、静かにチェックイン。

九月某日　晴

太陽フレアの異常で、ふだんのこの季節には見られないオーロラが、空にかかっているとのこと。ただし、市内は明るいので、郊外まで車で移動しなければ見えない。

北半球の果てでオーロラのもとにいる自分が、不思議なような、ずっと以前からこうなることが決まっていたような。

九月某日　曇ときどき晴

仕事をする会場まで、歩いてゆく。

会場をひとめぐりしてから外に出て、すぐ横にある湖をぼんやり眺めていると、年配の女性が話しかけてくる。

自分の亡くなった父親はこの国の偉大な詩人で、本来ならばノーベル賞を受賞すべきだったのだが、不幸なことに受賞は逸した。誰よりも偉大な詩人なので、ぜひあなたも読むように。日本の小説は、一つも読んだことがない。

でも、今度読んでみることにする。自分は学校の図書館の司書をしていたが、図書館は大嫌い。子供も嫌い。

というような内容を、女性は十分ほど喋りつづける（こちらの喋るスピードが非常に遅くたどたどしいので、話そうとしてもすぐにさえぎられ、会話は一方的）。

女性のコートはずいぶん古びてかなりほころびているけれど、織りは上等。あなたのリーディングを、明日は聞きに行くわ、と言い残し、女性は去っていった（翌日のリーディングに、彼女の姿はなかった）。

また夜に、オーロラ発生。オーロラのもと、夕食をとりに、近くの食堂まで歩く。

九月某日　晴

現地で知りあった若夫婦と、食堂で一緒に食事。

夫妻は、二人で楽しみのために共著の小説を書いているとのこと。ちなみ

に、内容は、わたしの英語力で聞きとれた範囲では以下のとおり。「二十四世紀から現代にタイムマシンでこの国の村にやってきた男が主人公。男は、死んだ後、クラウドに脳の情報を吸い上げられるのがいやなので（二十四世紀では、すべての人間が死後、脳情報を吸い上げられることになっている）、現代にやってきたのである。男は現代で平和のうちに死ぬ。そののち、タイムマシンを手に入れた村の人々が、歴史を糺《ただ》すためにタイムマシンを縦横無尽に駆使する……」。

若夫婦の家まで歩き、そこでさらに飲む。猫が二匹いて、豊かに太っている。ちなみに、この国では、犬を飼うのには役所の認可が必要だそう。

九月某日　晴

帰国の日。朝五時のピックアップバスで、空港まで行く。滞在中の一週間、一人も日本の人に会わなかったのだけれど、バスの中で自分と同年代の日本人夫妻をみつけ、嬉しくなって話しかけてみる。

夫の方は一言も言葉を口にせず、妻の方はひどく用心深く「ええ」「いいえ」しか言ってくれない。

出発の空港でも、乗り継ぎの空港でも、何回もすれちがったのに、ずっと顔をそむけられ、非常に不安な気持ちに。もしかして、北半球の果ての国で、わたしに何らかの変化が起こり、日本の人から排斥されるタイプの存在になってしまったのでは。

不安なまま、成田に着く。入国審査ではさいわい排斥されず、無事入国。帰りの空港バスで空を見るが、もちろんオーロラはない。でも、東京にも空があって、智恵子は東京には空がないと言っていたけれど、東京の空も、好き。

今月の「東京日記」は、いつもと雰囲気が全然違うと思いつつ、どうしてもこうなってしまう。やはり、北半球の果ての国で、何らかの変化が起こってしまったのだろうか（ということで、次回の「東京日記」は、どんな調子のものに？）。

復活。

十月某日　晴

日本に帰ってきたが、まだ心は北半球に。

その根本的な原因を考えるに、やはり近所のスーパーがなくなってしまったからなのではないか（本書八一ページ「ビリーバンド三本。」参照）。わたしを日本につなぎとめる心のよすがが、あの時ごっそりと取り去られてしまったにちがいない。

と思って引きこもっていたある日、近所に散歩に出てみると、スーパーのあった場所の三つ隣のマンションの一階に、不思議な幟《のぼり》が立っている。「青果部」と、幟には書かれている。その横に、「今月の開店日」という貼り紙が。

週のうち、水曜日から土曜日までの、朝十時から夕方五時まで、「青果部」は開店しているらしいのである。

もしかして、これはあの、スーパーが、「青果部」となって復活したのか!?

興奮して、夜、寝つかれず。

十月某日　晴

水曜日になったので、朝風呂に入り精進潔斎し、「青果部」までしずしずと歩いてゆく。

十畳ほどのスペースに、野菜や果物が並べられており、な、な、なんと、奥にはスーパーのご主人が。

「ふ、復活したんですか!!!」と、ご主人に抱きつかんばかりにしてたずねると、ご主人、静かに、

「野菜だけですが」

と。

山のように野菜を買い、帰宅。夜は、野菜ざんまい。こまつな、みょうが、

キャベツ、きゅうり、トマト、ごぼう、にんじんなどなどを踊りながら刻み、蒸し、炒め、煮こみ、漬け、でも、踊っていたので手元が少し狂い、指など切って血がほとばしるも、全然気にかからず。

十月某日　晴

昨日の「青果部」復活はもしや夢だったのではと、朝起きたとたんに不安に。

おそるおそる「青果部」まで行くと、ちゃんと実在している。

そのうえ、「青果部」の斜め前に、昨日は見逃していた、小さな古本屋ができている。

こんな、ものさびれた通りに、古本屋!?

嬉しい！　でも、大丈夫なの？　スーパーでさえ立ちゆかなくなってしまったのに、古本屋なんて、もう、もう……と、昨日にも増して大興奮。

青果部でまた少し買い物をしてから、古本屋に入ってみる。

とても感じのいいおねえさんが、にこにこと「いらっしゃい」と挨拶して

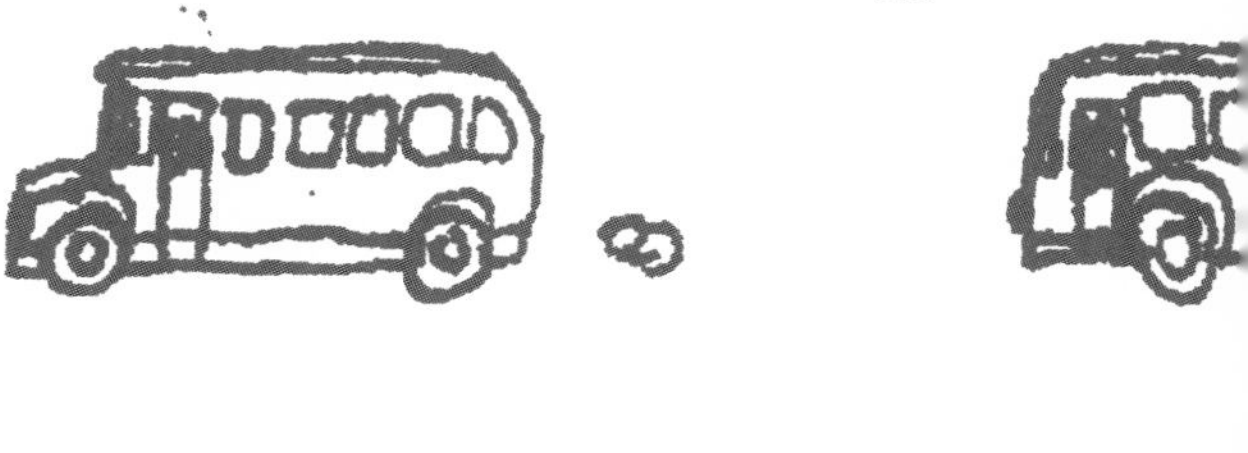

くれる。おねえさん、おねえさん、おねえさん、と、心の中で三度叫び、でも、表面上は静かに並んでいる本を眺め、するとそこには雑誌が積んであり、その誌上で先月わたしが行った北半球の国の特集が組まれている。

これはもう、運命でしょう。と勝手に決めつけながら、あいかわらず表面上は静かに、会計をしてもらう。家に帰り、雑誌を読む。六月にスーパーが閉店してからの失意の日々を思いながら、しんしんと雑誌を読む。

十月某日　晴

このところのあまりの幸運の反動か、風邪をひいて熱が出、平謝りに謝って締め切りを一つのばしてもらい、行くはずだった場所に行けないために平謝りのお詫びのコメントを書き、もうろうとして家の中をさまよい歩いていて足の脛を思いきり柱にぶつけ、リンゴをむこうとしてまた指を切り、最後に熱がさらに高くなって、ベッドでうなって過ごす。

でもいいのだ。青果部と古本屋。その二つが向こうの通りのあの場所にあることを思い浮かべれば、すべてが大丈夫。

うなりながら、二店に向かって「決してもうなくならないでください」という念を送る。でも、念を送りすぎたために、水をやりすぎた植物が枯れてしまうがごとく、二店がなくなってしまうかもしれないので、適宜、小出しに念を送る。

疲れきって、さらに熱、あがる。

デートスポット。

十一月某日　晴

香港に行く。文学祭に参加するためである。

今年参加する外国の文学祭はこれで二つめなのだけれど、どちらの文学祭も、英語が母語ではない国なのに、スタッフや参加者の使う言葉が英語であることに、あらためてびっくりする。日本は日本語が主に流通していて、どんな時でも日本語以外の言葉をほとんど喋らない。ということは、日本人にとってはあたりまえのことなのだが、多くの国と通商関係を持っている国なのに英語ではない母語だけを喋ってものごとが通る、という国は、実はたいへんに珍しいような気がする。

日本語のみを喋り書きつづけてきたこの千年以上の継続があるからこそ、

平安時代の文学がいまだに生き残っていられるのだなあと、「東京日記」作者としては珍しく、文学的感心のため息などつきつつ、上海ガニの店を抜け目なくネットでチェックし、仕事が終わったとたんに会場を走りでて店にかけつける。

生まれてはじめて食べる上海ガニのおいしさに、文学的ため息、雲散霧消。

十一月某日　曇

仕事の合間に、香港の路面電車に乗る。端から乗って、端まで乗る。数時間かけて、乗る。終点にあった市場をひとめぐりしたあと、帰りは地下鉄で帰る。路面電車では数時間かかる行程が、地下鉄だとほんの数十分。

駅からホテルまでの道ぞいにあるカフェやおかゆ屋の店内にあるテレビで、競馬中継が放送されている。競馬新聞を握りしめた男女たちが、食いいるよ

うにテレビを見ている。まだ日は高いのだが、競馬中継をしている店のまわりは、なんとなく仄暗い雰囲気である。夕方まで歩きまわり、夜はあひるとあひるの卵を食べる。

十一月某日　曇

日本からのもう一人の文学祭の参加者であるY山さんご夫妻と同席して夕飯。

ご夫妻が結納をおこなったのは、かの有名な「国際きのこ会館」であることを教えてもらい、感激。国際きのこ会館。それは、群馬県の人ならば知らぬ者はない有名な会館であり、かつ県外の人間にとっては、謎とロマンに満ちた、一部ではたいへんに有名な会館なのである。けれど、すでに国際きのこ会館は閉館してしまっていて、もう宿泊ないし見学することはかなわない、まぼろしの場所でもあるのだ。

愛読するY山さんとたくさん話すことができて興奮し、夜中、寝つかれず。

明け方寝入り、汁なし麵かワンタン麵のどちらを選ぶかを広東語で言わなければ極刑に処せられる、という夢をみて、うなされる。

十一月某日　晴

文学祭のボランティアの青年に教わった香港のデートスポットを見学しに、また路面電車に乗る。

海がよく見晴らせること。公園があること。それほど高価ではなさそうなイタリアンレストランが数軒あること。などが、デートスポットである要因か。

昼間のその「デートスポット」には、若人はおらず、かわりに、海のよく見えるベンチには、おばあさんとおじいさんが並んで座り、それぞれ三十分以上ずっと携帯で電話をしつづけていた。おじいさんとおばあさんが、互いに見知っているかどうかは、不明。

十一月某日　曇

香港を発つ日。

ホテルから駅までタクシーに乗る。とても混んでいる。タクシーの運転手は、ずっと携帯電話でガールフレンドと話しつづけている。そういえば、四年前に香港に来た時も、タクシーの運転手は混んだ道で車が動かない間じゅうずっと携帯電話で話しつづけていた。その時には、手に持った携帯で話しながら片手運転をするので、運転がおろそかにならないかとひやひやしたものだったが、今回はハンズフリーで会話している。日進月歩、という言葉を思い浮かべつつ、漏れ聞こえてくるガールフレンドの色っぽい声に、うっとり聞きいる。広東語なので内容はもちろん全然わからないのだけれど、絶対にあれは、二人で睦言をかわしあっていたにちがいないです。

恋人は冷蔵庫。

十二月某日　晴

この二年間、新しい冷蔵庫を買おうかどうしようか、じつは、ずっと悩んでいる。

新しくしようかと思っている理由は、以下のとおり。

1．容量の七十%以上ものをつめこむと、冷蔵室がどんどん冷やされはじめ、奥の方のものはすべて凍ってしまう（モーターの力が弱まっているので、冷やさなければとあせって働きすぎて、かえって冷えすぎてし

まうもよう)。

2．電気代がずっと少ないエコタイプのものが多く出てきている。

3．二十年近く使っているせいか、いろいろな音をだすようになっている(ルルルル、ブブブブ、ズー、など)。

このうち、3については、むしろここまで育っていろいろ発声するようになったことをいとおしく思ってしまい、買い替えの決意がつかないのである。でも、やはりずいぶんと消耗してきた様子に思えるので、今月こそ買い替えんと、近所の家電量販店に行って、各社の冷蔵庫のパンフレットを持ち帰る。

十二月某日　曇

冷蔵庫のおさまるスペースをはかってみると、パンフレットに載っているうちの、三種類しか置くことができない。各社冷蔵庫をあわせると、五十種類以上あるのに。おまけに、あこがれている自動製氷機や急速冷凍室などのついたものも、大きすぎて置けない。

ちっ、と言って、パンフレットを全部放り出す。直後に、冷蔵庫から、「ズズズズーズズズー」という音がしはじめる。

非難されているのか？

十二月某日　晴

冷蔵庫に気づかれないよう、台所からいちばん離れた部屋で、もう一度パンフレットを研究する。いくら研究しても、自動製氷機や急速冷凍室関係の冷蔵庫は置けないという事実は変化せず。

研究を終えて台所に戻ると、また冷蔵庫が突然、「ルルルールルルールルルルルー」と、歌いはじめる。

やっぱりこの可愛いやつは、捨てられない。と、ゆるい感じで決意。でも、ゆるい。

十二月某日　曇

このところの冷蔵庫との別離問題について、何かこころあたりがあるような気がするのだけれど、わからない。

近づきつつある平昌オリンピックについて、友だちと電話をしている最中に、ふと思いついて冷蔵庫のことを相談してみる。

「それ、恋人と別れたいんだけど、何かのことでほだされちゃって、ぐずぐず別れられない男か女みたいな心もちなんじゃない？」

と言われ、納得。自分から相手をふる側にまわったことがほとんどないので、今まで思いつかなかったのであった。

十二月某日　晴

長年親しんだ恋人を無下に捨てることなど自分にはできない。

と、悶々としたり、

冷蔵庫は恋人じゃないから。

と、割り切ろうとしたり、していると、冷蔵庫がまた突然、

「ブブブブブブブブブブ」とブーイングを。

なんだか少し腹がたち、

「もう暮れもおしつまっているから、この問題は、来年に先送りするよ！」

と、冷蔵庫に向かってどなると、

「ズズ」

と、返事がくる。

てのひらサイズ。

一月某日　晴

先月以来の冷蔵庫問題が解決しないうちに、加湿器問題が勃発する。

ひらたく言うなら、壊れた、のである。

オレンジと白の、たいそうシンプルな構造の、小さな四角のものだった。ある朝、コードをコンセントにさしこんでも、うんともすんとも言わなくなったのだ。スイッチすらない、ただコードをさしこむという方法でしか起動しない、たいへんに素朴な奴だったので、とてもいつくしんでいたのに。

午後、街に出たついでに家電量販店に行くが、うちのほど素朴な加湿器は、一つも売っていない。悲しくなって、何も買わずに帰る。

一月某日　晴

加湿器問題も冷蔵庫問題も解決しないというのに、今度は電球問題があらたに勃発。

食卓の上の電灯に使っている電球が、チカチカチカチカチカチカチカチカするのだ。

食事の間じゅう、チカチカチカチカチカチカチカチカチカしているので、少し酔う。

一月某日　晴

ふたたび家電量販店に行き、新しい電球を買う。でも、たしかこの電球は、とても長持ちするタイプだったはずだ。替えたのは、去年。長持ちタイプの電球にも個性があり、とても寿命の短いものもあるのですよ、不幸なことに、と、電話してきた編集者に教わる。

不幸な電球にそっとさようならをしながら、新しい電球と替える。

一月某日　晴

ところが、新しい電球も、チカチカチカチカチカチカチカチカする。

そのうえ、今まで自動では流れなかったお手洗いが、突然自動的に流れる、という現象があらわれる。用をたし、立ち上がると、約三秒後に、何もしていないのにざあっと水が流れるのだ。リモコンで「自動では流れない」という設定にしてみても、一度は手動になるのに、次からはすぐにまた自動になってしまう。

この家の中に、家庭用電気製品の気持ちをかき乱す何かがやってきて、居座っているのだろうか。

一月某日　晴

冷蔵庫問題も、加湿器問題も、電球問題も、お手洗い問題も、何も解決しないままに、月末がせまり、多量の締め切りが押し寄せてくる。

こんな時こそ、自動的に締め切りを流し去ってくれないかと、家の中に居座っている「何か」に向かって祈るが、いっこうに締め切りは流れてゆかない。

締め切りまでにちゃんと仕事が終えられるのか、胸がどきどきするので、アマゾンで買い物をたくさんしてしまう。

ちなみに、買ったのは、ポン酢・コンビーフ缶・プリンターのインク・白雪ふきん・乾麵・ヘムレンさん（ムーミン谷の住人）のぬいぐるみ（てのひらサイズ）。不安をまぎらわすための買い物は、実用品だけにしようとつねづね決意しているにもかかわらず、ヘムレンさんのぬいぐるみ（てのひらサイズ）を買ってしまった悔恨をしずめるため、

「ヘムレンさん（てのひらサイズ）は実用品、ヘムレンさん（てのひらサイズ）は実用品」

と、つぶやき続ける。

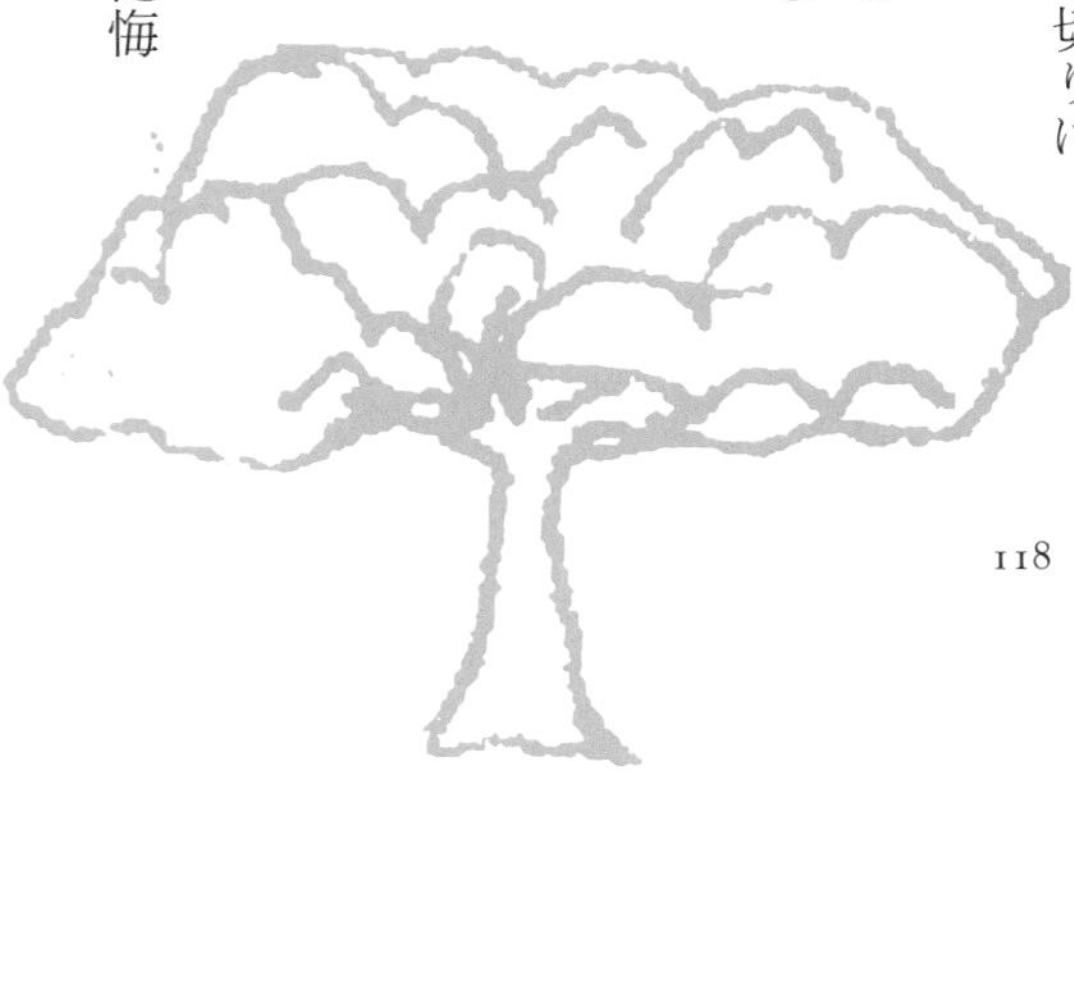

夜まで断続的につぶやき続けているうちに、実際、ヘムレンさん（てのひらサイズ）は実用品なのだという心もちになってくる。

ちなみに、ヘムレンさん（てのひらサイズ）は、部屋を少しだけ加湿してくれる（たぶん）。

あと、お手洗いが勝手に流れてゆく瞬間には、いつも、

「はあ」

と、ため息をついてくれる（ため息も、てのひらサイズ）。

微小なカエル。

二月某日　晴

ネットのことが、わからない。

たとえば、電子書籍のこと。

電子書籍を買い、専用の端末で読む、ということはできるのだけれど、いったい誰があの電子書籍をつくり、誰がわたしの注文を受けつけ、誰がわたしの手元まで一瞬にして配達してくれるのか、ということが、さっぱりわからない。

「誰、というのではなく、それはネットワークの中のさまざまなしくみによって可能なのです」

という説明は、いちおう頭には入ってくるのだけれど、やはりどうにも、ふにおちない。

それよりも、たとえば、「ネットワークに住む無数の可愛いこびとたちが、こびとの印刷機で電子書籍の文字を刷り、帳簿の得意なこびとが注文を受けつけ、肉体派のこびとが素早く手元まで配達してくれる」というような説明の方が、ずっと納得しやすいのである。

これを、「年よりの擬人化納得癖」と名づけることにする。

二月某日　曇

オリンピック中継を見る。

実は、テレビというものも、よくわからない。

電源を入れてチャンネルをあわせて見る、あるいはテレビ番組を録画したものを再生して見る、ということはできるのだけれど、なぜあんなにも遠い場所で撮影したフィルム（すでに「フィルム」というものは使っていないかもしれないということは、いちおう念頭には、ある）をこの茶の間で見ることができるのか、ということが、さっぱりわからない。

電子書籍と同様、これらは「ブラックボックス」と言われるものであり、一般の人間はその技術を利用することはできるが、くわしいしくみを説明することは専門家にしかできない、ということもわかってはいるが、なにせ落ち着きが悪いので、れいによって、無数のこびとたちに登場してもらい、心の内で擬人化納得癖を発揮する。

二月某日　雨

冬季オリンピックの、たとえばスケート靴をはいた人が推進するのは、氷とブレードとの摩擦によるものなのである。あるいは、カーリングのストーンが推進するのは、やはり摩擦と関係している。などという説明をテレビで聞くのだが、さっぱりわからない。

それで、また無数のこびとたちによる擬人化納得癖を発揮しようとしたのだけれど、スケートのあの鋭い刃の下にもしもこびとがいたとしたら、あまりに痛そうでかわいそうだし、パンダのこどもと同じだけの重さがあるというストーンの下で働かなければならないこびとは、重すぎてつぶれてしまう

だろうしで、擬人化ではうまく納得できず、悩む。

二月某日　晴

こびとにばかり頼るからいけないのだと思いつき、では、微小なカエルだったらどうだろうかと、試してみる。

でもやはり、ブレードの下やストーンの下のカエルを想像するにしのびなく、納得は先のばしに。

もやもやしたまま寝入り、無数のこびとたちと無数の微小なカエルに追いかけられる悪夢をみて、真夜中目覚める。

近ごろの若者。

三月某日　晴

久しぶりに、大学時代の友だちと会い、昼食を共にする。

「近ごろの若者」の話になる。

いわく、近ごろの若者は、パソコンのキーボードでよりも、スマホで文章を書くほうが得意だそうだ。

いわく、近ごろの若者は、逆上がりが不得意だそうだ。

いわく、近ごろの若者は、逆上がりが不得意なのにバンジージャンプが大好きだそうだ。

いわく、近ごろの若者のみる悪夢には、必ずゾンビと連帯保証人が出てくるそうだ。

いわく、近ごろの若者は嗅覚が発達していて、嗅覚によって他人の血液型を判定できるそうだ。

いわく、近ごろの若者はすでにわたしたち世代より進化していて、ほんらい豚と人間の遺伝子は八十%が共通なはずなのに、若者はたったの二十%しか共通していないそうだ。

いわく、豚とは二十%しか遺伝子が共通していないが、かわりにアボカドとは九十%の遺伝子が共通しているそうだ。

いかに近ごろの若者がすごいか、という結論となり、全員ため息をつきながら、会計をすませる。

三月某日　晴

仕事ではじめて会う男性と、打ち合わせ兼よもやまばなし。

男性は、ゲストハウスに住んでいる。

というのも、浮気がばれて、奥さんに家を追い出されたからである。

そのゲストハウスには、あと二人男性が住んでおり、どちらもやはり、浮気をして奥さんに追い出された男性である由。

年齢は、みな四十代の後半。

「そのゲストハウスは、追い出された男性専用のゲストハウスなのですか？」

と聞いてみる。

「そうですね。日本人だけではなく、奥さんから追い出されたというタイ人の男性が、ついこの前までいましたし、先週は、デンバーから来日した、奥さんに追い出されたアメリカ人が、二泊してゆきました」

とのこと。ちなみに、ゲストハウスは港区にあるという。さすが港区である。

三月某日　曇

近ごろの若者二人と、三人でお酒を飲む。

「一番最初に『わかりました』と言うひとの、九十五%は、わかっていない」

という法則を教わる。

さすが、近ごろの若者である。

三月某日　晴

アボカドを買ってきて、食べる。
近ごろの若者に敬意を表してのことである。
とても、おいしい。

「ステキ」排斥。

四月某日　晴

そういえば、このごろ薬罐《やかん》をまったく使っていない。

お茶を淹れる時。

コーヒーを淹れる時。

カップラーメンを食べる時。

どの時も、薬罐でお湯を沸かさずに、ただの鍋で沸かしている。

お湯沸かし関係のものといえばポットだが、そもそも、ポットというものを持っていない。電動で湯を天然自然に沸かしてくれるものがあることは、知っている。保温力のたいへんに高いものがあることも、知っている。でも、ポットはうちにはない。

ずいぶん前に、ポットとは袂をわかったのだ。そして、お湯を使用する時には、いちいちその場で湯を薬罐で沸かす。このことを、人生訓にしたのだ。それなのに、このごろは薬罐さえ使わず、片口でさえない、ただの平鍋で湯を沸かし、どぼとぼとコーヒーをドリップしたり、急須に注いではこぼしたり、している。

ついさっきも、鍋で沸かした湯で淹れた、雑なコーヒーを飲んだところである。

四月某日　曇

ポットと袂をわかった時のことを、思い返す。

ある日ポットの中をなにげなく覗いたら、白い硬いガビガビしたものが、内面にはりついていたのだ。

カルシウム系の、何かだろうということは、予想がついた。

クエン酸などを使えば洗浄できるらしいという噂も、聞いた。

しかし、どうしてもポットの洗浄をするのが、いやだった。ふだん閉じているものの奥底をさぐるようにして覗きこみ、浚《さら》わなければならないのが、なんだか冒瀆的だったからかもしれない。

そもそもあまりお茶を飲まないので、ポットのことを元々可愛がってやっていなかったことに気がとがめたのかもしれない。

食卓に置いておいたポットを、何回も倒してしまった記憶があるからかもしれない。

ともかくも、ある日ポットとは袂をわかったのである。

そのうえ、このたびは、知らないうちに薬罐とも袂をわかっていたのか？

薬罐は、赤い琺瑯《ほうろう》のもので、以前ぶつけてしまった腹の部分が、小さく茶色く錆びている。実は、この薬罐のデザインが「ステキ」なのが、ちょっと、ほんとうは、いやだったということには、去年くらいに、うすうす気がついていた。薬罐自身には何の責任もないのに、ほんとうはいやだったのだ自分、と、うすうす気がついた時に、ものすごく解放感があったことも、よく覚えている。

四月某日　雨

鍋の湯でコーヒーをドリップすると、最初に豆を蒸らす時に注ぐ湯の量を調整するのが難しいし、その後細い流れでゆっくりと湯を注ぐのも難しいので、毎回淹れ具合が異なってしまう。

その乱雑さが、とても心地よい。

「ていねいな暮らし」とか「ステキな暮らし」なんて、大嫌いなんだ!!! という、自分の内心の声を毎回聞きとめながら、このところ毎日コーヒーを淹れている。

四月某日　晴

そもそもコーヒーをドリップする、というところからして、「ていねいな暮らし」「ステキな暮らし」なんではないのかい?

と、自問自答してみるが、これは違う。

たんに、味の好き好きの問題である。

ちなみに、カップラーメンは、家で酒を飲んだ時の〆に、小型のものを、数種類常備している。

これは果たして「ていねい」「ステキ」の範疇に入るのだろうか。たぶん違うような気もするけれど、数種類、というところが、ていねいさをかもしだしているような気も。

台所の棚に並べてある小型カップラーメンの、並びかたを微妙にかえてみつつ、「ていねい」及び「ステキ」排斥を、あらためて心に誓う。

五月病のいろいろ。

五月某日　晴

パソコンをたちあげ、メールを見ようとネットに接続するも、なかなか接続がうまくゆかない。ときどきそういうことはあるので、お茶を淹れに行く。両手で茶碗を持ち、部屋に戻ってきてみても、まだうまく接続できていない。

結局、仕事を終える夕方まで、ネットにうまく接続できず。

原稿を書いているワードの漢字変換も、なんだか時間がかかった。

いわゆる、機械の機嫌の悪い日、なのか？　でも、このところの懸案の冷蔵庫もお手洗いのリモコンも電球も、どれも快調。

五月某日　曇

久しぶりの飲み会。

パソコンのことを、同席の機械にくわしい人に相談すると、

「それは、パソコンの五月病ですね」

と言われる。

五月某日　晴

この前うちのパソコンが五月病で。

と、打ち合わせをした編集者に言うと、編集者が突然堰《せき》を切ったように、五月病の話をはじめる。

いわく、

五月病にも、いろいろあるが、去年の五月に自分の飼っている熱帯魚が五月病になってしまった。体が透けていて骨が少しだけ見える種類の熱帯魚なのだが、その体が透けなくなってしまった。びっくりして熱帯魚を買ったペットショップに聞きに行ったが、要領を得ない。そのままおろおろと一ヶ月

ほどを過ごしているうちに、さいわい、熱帯魚の体はふたたび透けるようになった。熱帯魚の五月病は、ほかに、発光しなくなったり、ヒゲがなくなってしまったり、長く突きだした口が短くなってしまったり、という現象があるという噂だ。そしてそれらは、必ず五月に起こる。難儀なことである。とのこと。

五月某日　雨

朝から雨。

五月病について、また違う、初対面の編集者に話してみる。

すると、また堰を切ったように、この編集者も五月病の話を。

いわく、

いや、このところ手帳が五月病で困っているんですよ。ちゃんと予定を書きこんだはずなのに空白になっていたり、ダブルブッキングをしていても教えてくれなかったり、予定があったのを自分が忘れていても注意してくれなかったり、ほんと、困っちゃってて。これ、絶対に手帳の五月病でしょう？

とのこと。

いやそれは、あなたがたんに不注意なだけでは。手帳は悪くないと思いますが。という言葉が言えない感じの、少しだけ前のめりの姿勢で喋る編集者である。

編集者と別れてから、自分の手帳に、小さな字で、

「手帳の五月病」

と、書きこんでみる。なんとなく、心ぼそい気持ち。

雨、夜までやまず。

禁忌と欲望。

六月某日　雨

飛び跳ねる、という行為に、自分が弱いことを、突然悟る。

これまで生きてきて六十年。自分にとって不得意な行為がいろいろあることは、学んできた。

たとえば、
なべての団体競技。

椅子に座って三時間以上作業をする（さぼったりそのへんでふらふら遊んだりせず）。

炎天下を営業してまわる。

包容力をもって子どもと遊ぶ。

すぐにメールの返事を出す。

などなど。

けれど、そのようなさまざまな不得意な行為の中でも、もっとも弱いのは、飛び跳ねる、という行為なのだということを、この日突然確信する。

飛び跳ねると、必ず自分に起こること。それは、めまい。動悸。息切れ。生きてゆくことがたいへんにつらくなる。豆類を食べたくなくなる。世界中の猫を嫌いになる。ウーパールーパーを一ダース飼いたくなる。その後、すべてのウーパールーパーを川に流しに行きたくなる。いつもの散歩コースにある、高い塀の家に爆弾をしかけて、その居丈高な塀を破壊したくなる。等々。

これらの、人としてまったく間違っている衝動は、いくら団体競技に参加したりメールの返事を素早く出したりしてもあらわれないのに、垂直に、両足をそろえ、五回以上、必死に飛び跳ねるや、すぐさまあらわれ出《いで》るのである。

人生この先、なるべく飛び跳ねないようにすることを、心に誓う。

六月某日　雨

飛び跳ねないことは、あんがい簡単である。ことに、六十を過ぎた者にとっては。

けれど、回転する、という行為にも、自分がとても弱いことを、またこの日、突然悟ってしまったのである。

回転してしまったその刹那、必ず起こるのは、飛び跳ねた時と違って、ただ一つのことである。それは、

忍耐強くなる。

という症状なのだ。

忍耐強くなって何が悪い、という考えかたがあることは、知っている。でも、忍耐は、実のところ、人間にとってはあまりよくないものなのではないか。そういえば、忍耐関係のことわざや言い回しには、なんとなく不穏なものが多いし。韓信の股くぐり、とか。成らぬ堪忍するが堪忍、とか。武士は食わねど高楊枝、とか。心頭滅却すれば火もまた涼し、とか。どれも、人間

に無理を強い、下手をすれば体をこわしたりやけどをしたり悪い思い出をつくったりするような内容である。

ということで、これからの人生、なるべく回転もしないことを決意。

六月某日　雨

韓信の股くぐり、という言葉を久しぶりに思いだしたのが嬉しくて、いちにち「股くぐり」と、心の中でつぶやきつづける。ちなみに、韓信の股くぐり、とは、中国の劉邦の腹心の部下であった韓信が、若いころ、町で男にいんねんをつけられ、忍耐強く男に従って男の股をくぐった、けれどそれは大志を抱くゆえに無駄な殺生を避けるためだった、という故事。

六月某日　晴

梅雨入りから約三週間しかたっていないのに、突然梅雨が明ける。

短すぎた梅雨をいたむために、部屋の中で、慎重に、二回飛び跳ねる。それから、さらに慎重に、一回だけ回転する。

禁忌が欲望を生む、という法則の、好例である。

たぶんこの先、ことあるごとにこっそり飛び跳ねたり回転してみたりする自分の人生が、目に浮かぶよう。午後、もう一回だけ、ひっそりと、飛び跳ねる。

ひとすじの赤。

七月某日　晴

ワイン好きの人と、お酒を飲む。

でも、飲んでいるお酒は、ワインではなく、日本酒。

「嫌いなタイプのワインが出てくると耐えられないから、人生のたいがいの時は、ワインではないものを飲むのです」

と、ワイン好きの人、説明してくれる。

日本酒を飲みながら、ワインにかんするさまざまな知識を教わるが、教わるそばから忘れる。ただ一つ、覚えたのは、

「京都駅北にあるファミリーマートでは、ドンペリ（箱入り）を、二万三千円で売っている」

ということのみ。さすが、京都である。

七月某日　晴

暑い。とても暑い。

日陰から日向に出るのがいやで、日陰でじっと立って決意をかためてから、ようやく日向に踏み出す、という歩きかたをしていたのだけれど、最後には日向に出てゆくことにほとほといやけがさし、いったん日向に踏み出すも、すすすすす、とあとじさって、日陰に戻ってしまう。

一緒に歩いていた家人に、

「ざりがにみたいだ」

と、言われる。

七月某日　晴

文学賞の選考のため、京都に行く。

夏の京都は、非常に暑い。そして、なぜだかわからないのだけれど、夏の暑さの厳しい場所のひとたちはその暑さを自慢に思っている、の法則があるのではないか。

選考委員の一人である京都の人も、その法則どおり、

「京都の暑さはね。普通じゃないんですよ。だって、普通の暑い土地でも、日陰に入ると涼しいでしょ。でもね。京都は日陰の方が暑いんですよ。すごいでしょう」

と、毎年自慢してくれる。

ちなみに、以前に会った熊谷の人は、

「熊谷は、いちにちのうちで暑くない時間がまったくない。すごいでしょう」

と、自慢してくれたし、四万十の人は、

「東の方ではあんまり有名じゃないみたいですけどね、四万十の暑さは、そりゃもうすごいもんなんですよ。熊谷なんてメじゃないですよ」

と、自慢してくれた。

七月某日　晴

暑い。

今年の暑さは、京都・熊谷・四万十以外の場所でも、尋常ではない。でも、日本じゅうが暑いので、自慢できない。少し、くやしい。

夜中、汗をかいて目覚める。蟬が鳴いている。明日はひやむぎを食べよう、と目をつぶりながら思う。あさっては、そうめん。その次は、ひやむぎ。そのまた次は、そうめん。もっと力強い食べものを食べないと、かえって夏ばてしてしまいますよ、と、もう一人の自分が言うが、どうやっても、ひやむぎとそうめん以外は、思いつかない。眠気がふたたび満ちてくるのを感じながら、ひやむぎの中のひとすじふたすじの赤と緑を、遠く思いうかべる。

おそるべき真実。

八月某日　晴

突然なのだけれど、ときどき通る道ぞいに、

「シュモクザメ」

というスナックがあって、ずっと気になっている。

シュモクザメ。頭部に対称形をなす張り出しがあり、その先っぽに目がついている。フカヒレの材料となる。人を襲った例は、ほとんどないといわれている。単性生殖をおこなうことが可能。サメにしては珍しく、大きな群れをなす。

などなどの特徴があるそうなのだけれど、でもなぜ、シュモクザメ。

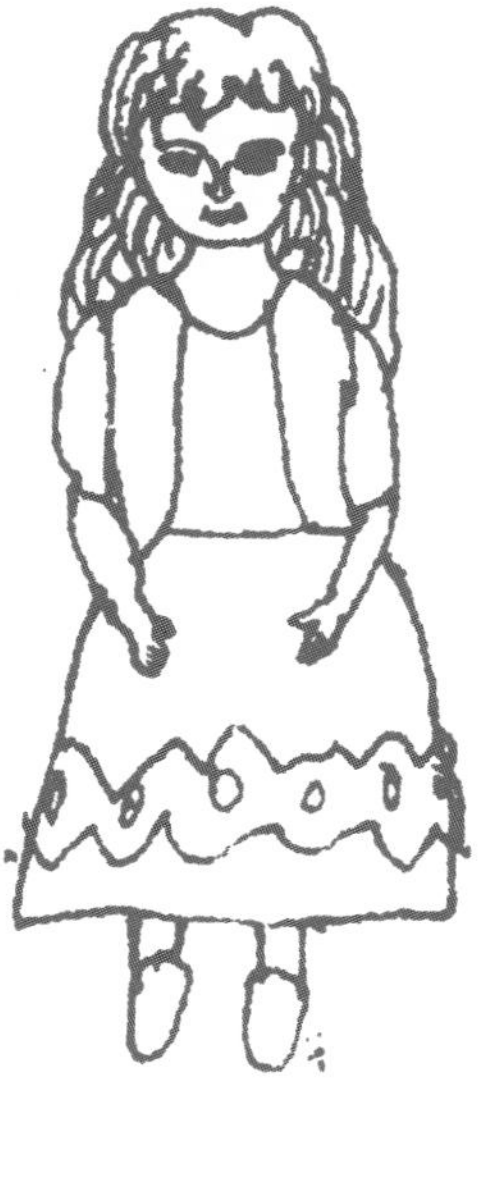

八月某日　雨

耳鼻科に行く。

待合室には、わたしと、もう一人の婦人、二人のみ。

婦人が呼ばれる。

「オジさん、診察室にお入りください」

久しぶりの、珍しい名前シリーズのひと登場である。

ちなみに、スズキ目ヒメジ科の魚の一種にも、「オジサン」という名の魚がいる。

八月某日　晴

仕事帰り、仕事相手の人と一緒にタクシーに乗る。

いつぞやは、イスラエル人の奥さんをもつ運転手さんのタクシーに乗ったことがあったなと、ぼんやり思いながら、同乗者とぽつぽつ会話をかわす。

天気の話。最近のニュース。旅の話。

同乗者は、最近ロシアに行ってきたばかりだという。ロシア旅行がいかによかったか、でもロシア語は難しくて全然わからなかった、という話を聞いていると、突然運転手さんが、

「わたしの妻はロシア人で」

と言う。

「妻が好きで好きで、どうにかしてデートに誘いたいと思って、ロシア語を勉強しました。二十年前、彼女と結婚しましたよ。だから今も、ロシア語、話せます」

とのこと。タクシーの運転手さんたちの国際性、おそるべし。

八月某日　晴

平安時代の場面を小説に書かなくてはいけないので、資料をいろいろ読んでいる。

貴族が登場する予定なので、貴族言葉についての本を、この日は読む。

公家のひとたちは、「発熱」を「おぬる」と言う。「月経」は、「おまけ」。

「血」は、「あせ」である。などなど。

つまり、「おぬるいです」と言えば、「熱、出てますよ」の意味で、「おまけが多くて」は「月のものがひどくて」、そして「あせびっしょり」なら、「血だらけ」!?

貴族、おそるべし。

リスボンの夜。

九月某日　晴

リスボンにいる。

生まれてはじめてのリスボンである。

昨日までは、仕事でパリにいた。仕事が終わってからリスボンに移動し、ロンドンに住んでいる友人と現地リスボンで集合。という計画である。

パリとロンドンから合流。

という、今までの人生にはまったくなかった「グローバル」な響きに、おののく。

おののきながら、現地のスターバックスで待ち合わせ。

スターバックスは不得手なのだが、直近では二年前に吉祥寺のスターバックスで予習しているので(『東京日記5 赤いゾンビ、青いゾンビ。』参照)、大丈夫なはずだ。メニューはポルトガル語で書いてあるから、すらすら注文はできないけれど、どうせ日本語で書いてあってもすらすら注文できないのだから、かまわない。

じきに友人が来る。リスボンだねえ。感極まって言うと、リスボンだよほんとに、と、友人も答えてくれる。

九月某日　晴

リスボンは暑い。でも、東京だって今年は猛暑だったのだと、リスボンに対抗心を燃やす。

バス停で隣りあったおねえさんに話しかけられる。

——どこから来ました?

——パリから来ました。ロンドンから来ました。東京から来ました。

二人しかいないのに、全部で三か所の町の名前を言い、おねえさんにいぶかしまれる。

——暑いですね。

——そうですね、年々リスボンは暑くなります、今年の夏の最高気温は42度でした。

——えと、東京の最高は、37度でした。

帰って天気予報を見たら、今日のリスボンは37度。東京、まったくリスボンにかなわず。

九月某日　晴

リスボン滞在四日め。滞在しているのは、アパート形式の部屋。

朝起きて洗濯をし、その間にシャワーを浴び、部屋を出て午前中散歩をし、持参のお弁当（サンドイッチと果物）を食べ、さらに散歩をしてから市場で買い物をして帰り、夕飯のしたくをして部屋で食べて飲む。

という、「散歩」を「仕事」に置き換えれば、東京とほとんど違わない生活を毎日している。

リスボンだよね、ここ。

友人に聞いてみる。

うん、リスボンだよ、物価も安いし、暑いし。

と、答えがくる。

たしかに、物価は非常に安い。昨日も、市場で二ユーロのブレスレットを買った。言葉が通じなかったのだけれど、おじさんが指で「二」の形をつくるので、「二十？」「二百？」と聞き返したら、無言で「二」の形を強調したので、掛け値なしの二ユーロだとわかったのだった。ちなみに、ワインは一本三ユーロ、蛸はまるごと一匹で十二ユーロ、はまぐり一キロは五ユーロ。

九月某日　晴

いよいよリスボン滞在も、明日まで。

最後の夜なので、連絡船に乗って対岸まで行き、魚介のお店で魚介をたら

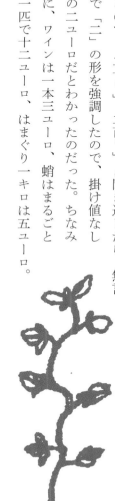

ふく食べる。

えび、かに、たこ、いか、かめのて、などを茹でたものを、二人無言で食べつづける。今日も暑い日で、昼間の気温は36度だったのだけれど、茹でた魚介類をひたすら食べているうちに、どんどん体が冷えてくる。冷えたまま、ふたたび連絡船に乗ってリスボン市街まで帰る。

船からおりたところで、見て、と、友人が言うので、さしだされたてのひらを見たら、えびのひげが、ティッシュの上に、そっとのせてある。ひげはピンクで、長い。

長いね。小さな声で言うと、長いよね、と、友人も小さな声で答える。ひげ、日本のえびのひげと、同じ感じだね。うん、ロンドンのえびのひげも、こんな感じ。

地下鉄に乗り、駅を出たところの広場でベンチに座り、街角で歌っているおじさんたちの歌声を聞き、坂道をのぼって部屋へと帰る。明日はロンドンだね。友人に言う。うん、そっちも明日は東京だね。友人も答える。えびのひげ、大切にしてね。いや、あれ、歩いてるうちに、こなごなになっちゃった。そか。そだよ。

リスボンの夜が、更けてゆく。おじさんたちの歌が、遠くから聞こえてくる。体は、まだまだ冷えたままだ。

チャーリイとの日々。

十月某日　晴

夏はとっくに終わっているというのに、なんとなくまだ夏の気配が残っている。

こういう時には、なぜだかわからないけれど、『アルジャーノンに花束を』の主人公、チャーリイ・ゴードンの役にいちばん合っているのは誰かを、考えたくなる。

去年の十月の、やはり同じような気候の日に、「この人」とひそかに決めた俳優の名を、手帳をめくって見直してみる。

今年見ると、なんだか少し違和感がある。なので、俳優のかわりに、知人の中でいろいろ当てはめてみることにする。

いる。

というか、つぎつぎに候補がでてくる。

全部で十人思いつき、手帳にこっそり書きこむ。その人たちには、絶対に打ち明けないようにしなければ、と、固く決意しながら、いそいそと書きこむ。

十月某日　晴

まだ夏の気配が濃い。

チャーリィ役の、あの人この人のことを、この日もぼんやりと考えつづける。日本のドラマコンテンツで、繰り返し新しいヴァージョンが作られつづけるものでは、ほかに『時をかける少女』や『なぞの転校生』などがあるけれど、どちらにしてもみんなSFの範疇なのだなあ、とか、チャーリィ役を女が演じたらどうなのだろう、とか、アルジャーノンを擬人化して実際に人がネズミを演じたらどうだろう、とか、『時をかける少女』の最初のドラマ化の時の、ケン・ソゴルの眉が薄かったのは、未来人の眉は薄いという当時のイメージからきているのだろうか、とか、もう、他人にとってはどうでもいいとしか言いようのないことを、ずっと考えつづけて、手帳にくどくどと書きこむ。

すべておそらく、原稿からの逃避である。

十月某日　晴

「チャーリイには、この人」候補の一人である編集者と、電話で少しだけ打ち合わせ。

電話の途中、「チャーリイ」と呼びかけたくてしかたなくなるが、必死に我慢。チャーリイ役には、天才とそうでない時の落差が要求されるわけなのだが、この編集者は、お酒を飲むと「天才」になるタイプである。で、ふだんはおおむね「そうでない」ほう。

十月某日　曇

連日チャーリイのことを考えつづけ、こうなったら自分もいつかチャーリイの役を演じてみたい、とまで思いつめる。

友だちに電話して、

「わたし、アルジャーノンのチャーリイの役、できるかな」

と聞いたら、

「天才の動作と顔つきと喋りかた、カワカミさんは無理です」

と、直截に指摘される。

ところで、日本のドラマ化の中で、いちばん好きなチャーリイ役者は、ユースケ・サンタマリアでした。

お願いする。

十一月某日　曇

寿司好きの友だちから、電話。

「今年は寿司屋に赤貝が出ないのよ」

とのこと。友だちによると、赤貝は夏が終わってだんだん寒くなるこれからが旬なのだけれど、今年は夏が暑かったせいか、貝毒が出てしまって、出荷が停止されているのだという。

「赤貝」

ぼんやりと、繰り返す。前に赤貝を食べたのは、いつだっけか。

「でね、貝毒の単位って、マウスなんだよ」

と、友人。

曰く、体重が二十グラムあるマウスが、十五分で麻痺、あるいは二十四時間以内に下痢状態になる毒のことを、１マウスユニット、すなわち１ＭＵと呼ぶ。

「マウス」

「うん、マウス」

「か、かわいそうだね、マウス」

「うん、かわいそう」

「そういえば、この前読んだ小説には、ビットコインの最小単位は『サトシ』だって書いてあった」

「サトシ」

「うん、日本人名の、サトシ」

電話を切ってから、マウスたちのことを静かに思う。先月の「東京日記」で、チャーリイとアルジャーノンのことを書いたことも、思う。サトシのこ

とも、少し。

いろいろ思いながら、夕飯のしたく。一人で静かに食べる。それから、寝しなにまた、マウスたちのことを思う。

十一月某日　晴

電車に乗る。

焚き火の匂いのする人が、隣に座る。

冬である。

十一月某日　晴

また電車に乗る。

隣に座っている人が、ずっと鼻くそをほじっている。ほじっては丸めて、どんどん大きくしてゆく。

大きなそれを、ぴんとのばした右人差し指の腹にのせ、その人は本を読みつづけている。電車が揺れるたびに、その人の右側に座っている自分に右人差し指が近づく。

やめて、と何かにお願いしながら、揺れの中で身をすくませる。

駅が来る前に立ち上がるのも、なんだかわざとらしいような気がするので、ただただ身をすくませながら、何かにお願いし続ける。

十一月某日　雨

消息を絶っていた知人が、実はいつの間にかサウナ王と結婚していたのだと、飲み会で友だちが教えてくれる。

サウナ王。

いろいろな「王」がある中でも、「サウナ王」はかなり上質な「王」なのではないか。

知人と王との結婚を祝して、その夜はみんなで生レモンサワーをたくさん飲む。

きらめきときめき。

十二月某日　曇

編集者と忘年会。

一次会で、おとなしく解散。

駅までたどりついて電車を降り、深夜まであいている近所のスーパーマーケットの前を通る。少し酔っ払っているので、買うものはとりたてないのだけれど、突然無駄な買い物をしたくなって、ふらふらと入ってゆく。

パクチーと、魚肉ソーセージと、うにせんべいを買い求め、なにやらぜいたくな気分になって、レジを後にする。

出口で、いつも句会で一緒になるIさんとばったり出会う。

「わあ」

と驚くと、Ｉさんの方は、まるであらかじめ待ち合わせていたかのように、

「どうも」

と、落ち着きはらってうなずく。

「お仕事の帰りですか」

聞くと、

「いや、飲み会の帰りです」

とＩさんは言った。

「わたしもです」

「で、スーパーの前を通ったら、むしょうに何か買いたくなって」

「わたしもです」

「一次会の後、バーに行くかわりに、スーパーに来たってわけです」

「わたしもです。何買いましたか」

「豚肉と、酢」

決然とＩさんはそう答え、くるりと後ろを向き、大股で去った。

負けた、と思いつつ、でも心あたたまる気分でもありつつ、夜十一時、家路をたどる。

十二月某日　晴

猫を飼っている友だちと、電話。

「このごろうちの猫、テレポーテーションをするようになって」

と言うので、びっくりする。

「どんな時にするの」

と、聞いてみる。

「一緒に眠ってる時」

「眠ってて、どうしてテレポーテーションしたってわかるの？」

「眠ってても、気配は感じるもの。その気配が、突然なくなったと思って、目をあけると、いなくなってるの」

「ただ布団から出ていっただけじゃないの？」

「そうとも言う」

このごろ日々の中に若い頃みたいなきらめきがないから、わざときらきらしいことを感じるようにしてみてるのよ。悪い？　と、友だち。

悪くないです。

おとなしく、答える。

にしても、猫のテレポーテーションは、「きらめき」に分類されることなのだろうか。

十二月某日　晴

同じく猫を飼っている、「きらめき」とは違う友だちに、電話してみる。

くだんのテレポーテーションの話をすると、友だち、

「それは、きらめきじゃなく、どちらかといえば、ときめきよねえ」

と、優しい声で言う。

何か、論点がずれているような気がするのだけれど、うまく言い返せないままに、電話を切る。

十二月某日　曇

母の誕生日。天皇陛下の誕生日と、同じ日である。

「平成も終わるね」

と母に言うと、母、

「せっかく天皇と同じ誕生日だったのに、それももうしまい。でもまあ、三十年楽しんだから、もういいかしらね」

今年でお八十代の母のそのさばさばした言葉を聞きながら、きらめきだのときめきだの言っている自分たちの世代の脆弱さを思う。

オーラの噴出。

一月某日　曇

新年会。

初対面の女性が二人。

一人は、「稟」さん。読み方は、「あおい」さん、とのこと。

もう一人は、「みるて」さん。読み方は、このひらがなの通り。

久しぶりの「めったにみない名前」に、どきどきわくわく。

年末の、「ときめきときらめき不足」（一六六頁参照）が、すっかり解消された心地に。

一月某日　晴

くつしたを買いに町に出る。

売り場の女性の胸の名札に、「生實」さんとある。思わず読み方を訊ねる。

「なるみです」

とのこと。

今年は、「めったにみない名前」大当たりの年なのか!?

お礼を言い、店の外に出てから、ていねいに手帳に書きつける。

一月某日　晴

友だちに電話し、「めったにみない名前」に遭遇したことを自慢。

十分以上もそのことについてべらべらとまくしたて、誇り、繰り返したのちに、ようやく黙ると、友だち、しごく冷静に、

「それはよかったわねえ。わたしにとってはどうでもいいことだけど」

と、優しい声で言う。

しゅんとして、

「申し訳ない」

と謝ると、友だち、さらに優しい声で、

「いいのよ、そういう好奇心は大切。がんばってるのねえ」

と。

はい、がんばってるんです、と、小さな声で答え、じきに電話を切る。そののち、過去に自分がしてきた、どうでもいい話を無数に思いだし、身もだえる。

一月某日　晴

これからは極力無駄な話はすまいと決意。

「今年の目標」と、手帳に筆圧強く書き、その下に「どうでもいい話追放」と、さらに筆圧強く書きとめる。

午後、編集者から締切のことで電話。

事務的なことを話したのち、「ところで」と、つい「生賓」さんの話をしてしまう。編集者、優しい声で相づちを打ってくれる。でも、その底に、

「自分にとっては、どうでもいいことだけど」

という気配をひしひしと感じる。

目標をその日のうちに破ってしまった忸怩《じくじ》たる気分と、相手の「どうでもいいことだけど」オーラの噴出の不穏さがあいまって、いっそのこと、気分が高揚してくる。

夜、帰ってきた家人に、この時の気分高揚について説明。眠そうな家人の、「それ、どうでもいいことなんだけど」オーラを最大限に感じながら、説明。聞きながら寝入ってしまった家人の顔を見ながら、手帳を開き、半日ほど前に書いた「今年の目標」の文字を見つめる。夜は更け、しんしんと冷えてきている。ああ、とため息をつき、今年も世界人類が平和でありますように、と、ひっそりと祈る。

初出　「ＷＥＢ平凡」(http://webheibon.jp/) 二〇一六年四月～二〇一九年三月

あとがき

始めたばかりのころは「ほんとうのこと」が七割ほどだった「東京日記」ですが、この六巻目に至り、ほぼすべてが「ほんとうのこと」になりました。

といっても、「ほんとうのこと」とは、いったい何だ、という面もあります。虚実皮膜、というのではなく、わたしは「ほんとうのこと」として書いているのに、なぜだか「ほんとうのこと」からはどんどん遠く離れていってしまう……というような。

さて、このあとがきを書いている二〇二一年の二月に、「東京日記」はちょうど連載二十周年をむかえました。二十年といえば、生まれたばかりの赤ちゃんが成人するまでの時間。あるいは、還暦を迎えた人が傘寿を迎えるまでの時間。まだ連載は続きますが、こんなに長く続けてこられたのも、読者のみなさまと、並走してくれた編集者の方々のおかげです。心よりの感謝をささげたく思います。

この巻には、連載十六年目から十八年目までの日記が掲載されています。本来のペースならば、出版は一昨年だったのですが、わたしも編集担当もぼんやりしていて、いつの間にか時が過ぎていました。……というまぬけな感じも、「東京日記」っぽいです。

ドグモ応募は思いとどまりましたが、ドグモ用の写真はこっそり連写したことと、ますます頻発する「やったー」問題については、ついに諦めたことを、最後に告白いたします。

みなさま、どうぞお元気で！

二〇二一年春　武蔵野にて

川上弘美（かわかみ・ひろみ）作家。一九五八年、東京都生まれ。著書に、『センセイの鞄』『真鶴』『大きな鳥にさらわれないよう』『ぼくの死体をよろしくたのむ』『三度目の恋』ほか多数。「東京日記」シリーズは、『卵一個ぶんのお祝い。』『ほかに踊りを知らない。』『ナマズの幸運。』『不良になりました。』『赤いゾンビ、青いゾンビ。』が現在刊行中。

東京日記6　さよなら、ながいくん。
二〇二一年三月二三日　初版第一刷発行

著者　川上弘美
絵　門馬則雄
発行者　下中美都
発行所　株式会社　平凡社
〒一〇一-〇〇五一
東京都千代田区神田神保町三-二九
電話　〇三-三二三〇-六五八四（編集）
〇三-三二三〇-六五七三（営業）
振替　〇〇一八〇-〇-二九六三九
ホームページ　https://www.heibonsha.co.jp/
印刷・製本　中央精版印刷株式会社

ISBN978-4-582-83862-6 C0095 NDC分類番号914.6 四六判（19.4cm） 総ページ176